크리스마스 캐럴

크리스마스 캐럴

초판 1쇄 인쇄 2020년 12월 17일
초판 1쇄 발행 2020년 12월 23일

지은이 찰스 디킨스
옮긴이 하소연
펴낸이 남기성

펴낸곳 주식회사 자화상
인쇄,제작 데이타링크
출판사등록 신고번호 제 2016-000312호
주소 서울특별시 마포구 월드컵북로 400 서울산업진흥원 201호
대표전화 (070) 7555-9653
이메일 sung0278@naver.com

ISBN 979-11-91200-08-9 03840

이 도서의 국립중앙도서관 출판예정도서목록(CIP)은 서지정보유통지원시스템 홈페이(http://seoji.nl.go.kr)와 국가자료공동목록시스템(http://www.nl.go.kr/kolisnet)에 이용하실 수 있습니다.(CIP제어번호: CIP2020052911)

크리스마스 캐럴

찰스 디킨스 지음
하소연 옮김

자화상

차례

제1부

말리의 유령

말리는 죽었다. 나는 이에 관한 이야기부터 시작하고자 한다.

말리가 죽었다는 사실에는 의심의 여지가 없었다. 그의 매장 증명서에는 목사와 교회 관리인 그리고 장의사와 유족 대표가 각각 서명했기 때문이다. 이때 스크루지도 서명을 했다. 스크루지의 이름은 상품 거래소에서 가장 확실한 보증수표로 통했다. 그렇다. 늙은 말리는 대문에 달린 '대갈못처럼' 죽었다.

그런데 여기서 잠깐, 내가 죽음을 특별히 대갈못에 비유하는 것은 무슨 경험이 있어서 하는 말은 아니다. 나더러 철물상에서 살 수 있는 물건들 중 죽음을 가장 많이 연상시키는 물건을 고르라고 했다면 관에 박는 못을 골랐을 거다. 하지만 우리의 지혜로운 조상들은 죽음을 대갈못에 비유했고, 나는 내 속된 손으로 이 비유를 더럽히기를 원하지 않는다. 내 멋대로 다른 비유를 지어 냈다가는 우리 대영제국이 혼란에 빠져 망해 버릴지도 모르니까 말이다. 따라서 다시 한 번 강조하건대, 말리는 '대갈못처럼 죽었다'라고 말하는 것을 허락해 주길 바란다.

말리가 죽었다는 사실을 스크루지가 잘 알고 있었을까? 물론이다. 어떻게 모를 수가 있겠는가? 스크루지와 말리는 나도 모르는 아주 옛날부터 서로 동업자였는데, 스크루지는 말리의 유일한 유언 집행인이자 유산 관리인이었으며 단 하나뿐인 대리인이자 상속인, 친구, 그리고 유족이었다. 그럼에도 불구하고 스크루지는 이 비극적인 소식에 대해 별로 슬퍼하지 않았다. 아니, 장례식이 있던 그날 역시 스크루지는 타고난 장사꾼의 기질을 발휘해 평소보다 더 짭짤한 이윤을 남겼다.

말리의 장례식 이야기를 하다 보니 내가 원래 하려던 이야기가 무엇이었는지 기억난다. 그렇다. 말리가 죽었다는 사실에는 한 치도 의심의 여지가 없었다. 만약 이 사실이 분명하지 않으면, 앞으로 내가 하려는 이야기는 그다지 놀랍지도 않을 것이다. 생각해 보라! 햄릿 연극이 본격적으로 시작되기 전에 햄릿의 아버지가 죽었다는 사실을 우리가 확실하게 믿지 않는다면, 아무리 북풍

이 불어오는 야밤에 햄릿의 아버지가 나타나 자신이 살았던 성벽 위를 걸어 다닌다 한들 그것은 마치 심약한 자기 아들을 놀라게 하려는 중년의 한 신사가 바람 부는 날 밤에……, 글쎄, 어디가 좋을까? 그래, 그 신사가 성 바울 성당 묘지에 갑자기 나타나 어슬렁거렸다는 정도의 이야기와 별반 다를 바가 없기 때문이다.

스크루지는 간판에 적힌 말리의 이름을 결코 지워 버리지 않았다. 말리가 죽고 몇 년이 지났어도 말리의 이름은 가게 입구에 버젓이 적혀 있었다. 가게는 '스크루지와 말리'라는 이름으로 알려져 있었다. 처음으로 거래를 트는 사람들 중에는 스크루지라고 부르는 사람도 있었고 말리라고 부르는 사람도 있었다. 하지만 스크루지는 전혀 개의치 않고 두 이름 모두에 대꾸했다. 스크루지에게 이름 따위는 중요하지 않았다.

아, 또 하나! 스크루지는 벼룩의 간을 빼먹을 수 있을 정도의 사람이었다. 스크루지! 쥐어짜고 비틀고 움켜쥐고 긁어모으고 낚아채고 매달리는 욕심 많고 늙은 죄인! 따뜻한 불을 피우기 위해 한 번도 부시(부싯돌을 쳐서 불똥이 일어나게 하는 쇳조각)로 맞아보지 않은 부싯돌처럼 냉혹하고 무정했으며 꽉 닫힌 껍질 속의 굴처럼 음흉하고 폐쇄적인 외톨이였다. 내면의 차가움은 그의 늙은 외모를 꽁꽁 얼어붙게 만들어 뾰족한 매부리코는 더 뾰족해 보였고, 움푹 팬 볼은 더 쭈글쭈글해졌다. 걸음걸이는 딱딱했으며 눈은 시뻘겋게 충혈되었고 얇은 입술은 파랗게 질려 있었으며 목소리는 삑삑거리고 심술궂었다. 머리와 눈썹 그리고 수염이 까칠한 턱에는 찬 서리가 희끗희끗 내려앉아 있었다. 스크루지는 어디를 가든 항상 냉기를 뿌리고 다녔다. 그래서 한여름 더위에도 그의 사무실은 얼음 창고처럼 추웠고 크리스마스라 해서 사무실 온도를 단 1도라도 올리는 법은 없었다.

바깥이 덥든 춥든 스크루지는 전혀 아랑곳하지 않았다. 아무리 푹푹 쪄도 스크루지는 더위를 타지 않았고 한겨울 혹한에도 떠는 법이 없었다. 쌩쌩 몰아치는 바람도 스크루지보다 더 매섭지 않았고 제 아무리 휘몰아치는 눈보라라 할지라도 자신의 목적을 이루기 위해 스크루지만큼 인정사정없지 않았으며 억수같이 퍼부어대는 장대비도 스크루지처럼 무자비하지는 않았다. 그 어떤 사나운 날씨도 스크루지 앞에서는 맥을 추지 못했다. 맹렬하게 퍼붓는 것이 비가 되었건 눈이 되었건 우박이 되었건 진눈깨비가 되었건 그들이 스크루지보다 낫다고 할 수 있는 건 단 한 가지, 한 번 내렸다 하면 그야말로 넉넉하게 쏟아진다는 것이었다. 넉넉함이란 스크루지에게서는 찾아 볼 수 없는 품성이었다.

상냥한 얼굴로 "오, 이거 스크루지 아닌가. 그래 요즘은 어떻게 지내나? 언제 놀러 올 텐가?" 하고 인사를 하기 위해 길거리에서 스크루지를 붙잡는 사람은 단 한 명도 없었다. 거지조차 스크루지에게는 한 푼도 구걸하지 않았고, 아이들도 스크루지에게만은 절대로 시간을 물어보지 않았다. 남자가 되었건 여자가 되었건 스크루지한테는 그들 평생 결코 길을 물어보지 않았다. 심지어 맹인견들까지도 스크루지를 알아보는 듯 했다. 저만치서 스크루지가 오는 것이 보이면 자기들 주인을 남의 집 문간이나 마당 쪽으로 인도했고 마치 "앞 못 보는 주인님, 저렇게 사악한 눈을 갖느니 차라리 장님인 편이 나아요!"라고 말하는 것처럼 꼬리를 흔들어 댔다.

하지만 그게 다 무슨 소용이란 말인가! 그것이야말로 스크루지가 원하는 바였는데! 남들의 동정과 관심에 신경 쓰지 않고 북적대는 인생길을 뚫고 나아가는 것. 그것이야말로 누구나 알다시피 스크루지의 커다란 기쁨이었다.

어느 날, 아니 그날은 1년 중 가장 기쁘다는 크리스마스이브였다. 스크루지는 일에 파묻혀 자기 사무실에 앉아 있었다. 살을 찌르는 듯한 매섭고 추운 날씨였다. 엎친 데 덮친 격으로 안개마저 자욱하게 끼었다. 골목 바깥에서 사람들이 입김을 호호 불며 오가는 소리가 들렸다. 몸을 덥히려고 두 손으로 가슴을 치는 소리, 발로 인도를 구르는 소리도 들렸다. 시계가 3시를 알린 지 얼마 되지 않았지만 주위는 이미 어두웠다. 하긴 이날은 하루 종일 어두침침한 날이었다. 공기는 손으로 움켜잡을 수 있을 만큼 탁했다. 이웃 사무실의 창가에서 타고 있는 촛불은 탁한 갈색 공기 속에서 흔들리는 붉은 얼룩 같아 보였다. 모든 틈새와 열쇠 구멍을 뚫고 안개가 스며들었다.

안개가 어찌나 자욱하던지 골목이 좁은데도 반대편에 서 있는 집들은 그저 희미하게 보일 뿐이었다. 뿌연 안개가 천천히 내려앉으며 모든 사물을 덮어 버리는 모양을 보고 있노라면 자연의 신이 바로 이웃에 살면서 엄청난 양의 안개를 끓여대고 있는 것이 아닐까 하는 생각이 들 정도였다.

스크루지는 자신의 사무실 건너편에서 일하고 있는 서기를 감시하기 위해 방문을 열어 놓고 있었다. 서기는 비참할 정도로 비좁은 골방에 앉아 편지들을 베껴 쓰고 있었다. 스크루지 방에 있는 난로에서는 아주 작은 불꽃이 타고 있었다. 서기 방에서 타고 있는 불꽃은 그보다 훨씬 더 작아 마치 한 알의 석탄이 타고 있는 것처럼 보였다. 하지만 서기는 자기 방 난로에 석탄을 채워 넣을 수가 없었다. 석탄 통이 스크루지 방에 놓여 있었기 때문이다. 서기가 부삽을 들고 석탄을 조금 가지러 갈 때마다 스크루지는 "아무래도 곧 해고시켜야 할 같다."라고 엄포를 놓았다. 서기는 어쩔 수 없이 하얀 털목도리를 목에 두른 채 촛불에 몸을 녹이려고 애썼다. 하지만 그다지 상상력이 풍부하지 못한 서기의 이런 노력은 늘 실패로 끝나고 말았다.

이때 어디선가 즐거운 목소리가 들렸다.

"삼촌, 메리 크리스마스! 복 많이 받으세요."

스크루지의 조카였다. 어찌나 잽싸게 들어섰던지 스크루지는 조카의 인사를 듣고서야 비로소 조카가 온 줄 알았다.

스크루지가 퉁명스럽게 대꾸했다.

"흥! 쓸데없이!"

안개와 추위를 뚫고 달려온 조카는 온몸이 달아올라 있었다. 잘생긴 얼굴은 벌겋게 상기되어 있었고 두 눈은 빛났으며 입에서는 뿌연 입김이 뿜어져 나왔다.

"크리스마스가 쓸데없는 거라고요? 설마 진심은 아니시겠죠?"

조카가 말했다.

"진심이다. 기쁜 크리스마스라니! 대체 무슨 권리로 기뻐하는 게냐? 기뻐할 이유가 대체 뭐냐? 가난뱅이 주제에!"

하지만 조카는 여전히 쾌활한 목소리로 대답했다.

"너무 그러지 마세요. 그렇다면 삼촌은 대체 무슨 권리로 그렇게 우울하신 거죠? 그토록 언짢으신 이유가 뭐냐고요? 삼촌은 돈도 많으시잖아요?"

답변이 궁해진 스크루지는 한 번 더 같은 말을 되풀이했다.

"흥!"

"그렇게 너무 툴툴거리지 마세요, 삼촌!"

"바보 멍청이들로 가득 찬 이 세상에서 그럼 나더러 어쩌라는 게냐? 메리 크리스마스 좋아하고 있네. 빌어먹을 메리 크리스마스! 대체 크리스마스 때라고 청구서 지불할 날은 다가오는데 돈이 없어 걱정하는 여느 때와 다를 게 뭐냐. 나이는 한 살 더 먹는데 시간은 한 시간도 더 늘어나지 않지, 연말 결산을 해 보면 열두 달 모든 항목이 적자라는 것을 알게 되고 말이지. 내 맘대로 할 수만 있다면……."

스크루지는 분개하며 열변을 토했다.

"메리 크리스마스라고 떠들고 다니는 멍청이들을 죄

다 잡아서 크리스마스 푸딩이랑 같이 푹푹 끓인 다음, 호랑가시나무 가지(영국의 전통 크리스마스 음식인 산돼지 요리는 호랑가시나무 가지로 장식한다)로 심장을 콱 찔러서 묻어 버리고 싶다. 암, 그래도 싸지."

조카가 따지려 들었다.

"아니, 삼촌!"

스크루지도 물러서지 않았다.

"너는 네 방식대로 크리스마스를 즐기렴. 난 내 방식대로 기념할 테니 날 내버려 둬."

조카가 스크루지의 말을 따라 했다.

"기념하신다고요? 삼촌은 지금까지 뭘 기념하신 적이 한 번도 없잖아요!"

"가 보래도. 너나 실컷 크리스마스 덕을 보란 말이다. 하긴 지금까지 복을 하도 많이 받아서 그 모양 그 꼴이겠지만 말이다."

"삼촌, 감히 한 말씀만 드리겠어요. 지금까지 제가 마음만 먹었다면 한몫 챙길 수 있는 기회는 많이 있었어요. 하지만 저는 한 번도 그렇게 하지 않았죠. 크리스마스도 그런 기회 중 하나인 것은 분명합니다. 하지만 맹세하건대 전 크리스마스 하면 늘 좋은 것만 떠올립니다. 크리스마스는 친절과 용서와 자비와 기쁨의 시간이라는 게 제 생각이지요. 크리스마스가 지닌 그 성스러운 이름과 기원은 제쳐 놓고서라도 말이에요. 물론 그게 가능한 일인지는 모르겠지만요. 남녀노소 가릴 것 없이 굳게 닫아 걸었던 마음의 문을 활짝 여는 1년 중 유일한 시간이 바로 크리스마스지요. 자기들보다 가난하다고 해서 다른 길을 가야 하는 별종으로 취급하지 않고 언젠가 늙으면 자신들처럼 땅에 묻히게 될 인생의 길동무라고 여기는 시간이 바로 크리스마스입니다. 그러나 크리스마스가 비록 금전적으로는 제게 아무런 도움을 주지 못했다 할지라도 앞으로도 계속 그럴 거라고 믿습니다. 그런 의미에서, 신의 은총이 크리스마스와 함께 하기를!"

"짝짝짝짝……."

골방에 있던 서기가 자기도 모르게 박수를 쳤다. 하지만 얼른 자기의 실수를 깨닫고 괜히 불을 쑤시는 척하다가 마지막 희미하게 남은 불꽃마저 꺼뜨리고 말았다. 그러자 스크루지가 쏘아붙였다.

"내 귀에 또다시 그런 소리가 들리는 날에는 길거리에 나앉아서 크리스마스를 맞게 될 줄 알아!"

그러고는 조카를 돌아보며 말을 이었다.

"아이고, 조카님. 아주 대단한 웅변가이십니다. 왜 의회 의원이 안 되시나 모르겠네."

"화내지 마세요, 삼촌. 그러지 말고 내일 우리 집에 오셔서 저녁이나 같이 드세요."

그러자 스크루지는 조카더러 알거지가 되는 꼴을 보고 싶다고 말했다. 정말이다. 단어 하나 빼놓지 않고 진짜 그렇게 말했다.

"왜요? 도대체 왜 그러시는 거예요?"

조카가 물었다.

"그러는 넌 결혼은 대체 왜 한 게냐?"

스크루지가 물었다.

"사랑하니까요."

"사랑해서 결혼했다고?"

스크루지는 세상에서 메리 크리스마스라는 말보다 더 어리석은 말이 있다면 그것은 마치 사랑한다는 말이기라도 한 것처럼 비아냥거렸다.

"자, 그만 가 봐라."

"하지만 삼촌, 제가 결혼하기 전에도 저한테 한 번도 안 오셨잖아요. 이제 와서 제 결혼을 핑계 삼는 건 대체 무슨 이유죠?"

"가 보래도."

"저는 삼촌에게 아무것도 원하지 않아요. 도와 달라고 손 내밀 생각도 없어요. 그저 친하게 지내고 싶은 것뿐이라고요."

"가라니까."

"그렇게 고집을 피우시니 정말 안타깝네요. 제가 뭘 잘못해서 서로 싸운 적이 있는 것도 아니잖아요. 크리스마스를 기리는 의미에서 삼촌을 초대하려고 했던 것뿐이에요. 어쨌든 전 크리스마스의 흥겨운 기분을 끝까지 간직할 거예요. 메리 크리스마스, 삼촌!"

"가라고 했다."

"그리고 새해 복 많이 받으세요."

"알았어, 어서 가 버려!"

언짢은 말이라고는 한마디도 내뱉지 않고 방을 나온 조카는 서기에게 크리스마스 인사를 하려고 현관 앞에 멈춰 섰다. 몸은 꽁꽁 얼어 있었지만 스크루지와는 비교할 수도 없을 만큼 따뜻한 마음을 가진 서기 역시 조카에게 상냥한 크리스마스 인사를 건넸다.

스크루지가 안에서 으르렁거렸다.

"여기 정신 나간 놈이 하나 더 있구먼. 일주일에 15실링으로 처자식을 먹여 살리는 주제에 메리 크리스마스 좋아하고 있네. 아이고, 저 꼴을 안 보려면 내가 베들럼 정신병원으로 들어가 버리든가 해야지."

스크루지의 조카를 배웅한 "정신 나간" 서기가 이번에

는 방문객 두 명을 안으로 들였다. 풍채가 좋고 호감 가는 인상을 가진 두 신사는 한 손에는 모자를, 다른 한 손에는 장부와 서류 뭉치를 들고 스크루지의 사무실에 들어왔다.

둘 중 한 신사가 자신의 장부에 적힌 목록을 들여다보며 말했다.

"스크루지와 말리 씨 사무실 맞지요? 실례지만 두 분 중 한 분과 말씀 좀 나눌 수 있을까요?"

"말리는 이미 7년 전에 죽었소이다. 7년 전 바로 오늘 밤에 말이오."

스크루지가 대답했다.

그러자 처음에 말을 건넸던 신사가 신분증을 꺼내 보였다.

"말리 선생의 관대한 정신을 선생님께서 이어가 주실 것으로 믿어 의심치 않습니다."

그건 맞는 말이었다. 말리와 스크루지는 정신적인 면에서 유사한 점이 많았다. 스크루지는 "관대함"이라는 단어에서 느껴지는 불길한 예감 때문에 이마부터 찌푸렸다. 그러고는 고개를 설레설레 내저으며 신분증을 돌려주었다.

신사가 펜을 꺼내 들며 말했다.

"스크루지 선생님, 1년 중 가장 즐겁다고 하는 크리스마스 무렵이야말로 우리 주위의 가난한 사람들을 각별히 돌봐주어야 하는 시기랍니다. 사람들 수천 명이 생필품이 없어 고통을 당하고 있습니다. 이웃들 수만 명이 그저 조금만 사람답게 살 수 있기를 바라고 있습니다. 선생님."

"감옥이 없소?"

스크루지가 물었다.

신사가 펜을 다시 내려놓으며 말했다.

"감옥이야 많죠."

스크루지가 또 다시 물었다.

"그렇다면 빈민 구제소는 여전히 돌아가고 있소?"

"그렇습니다만 실정은 여전히 좋지 않아 불행한 일이지요."

"디딜방아 형벌(1818년에 고안된 형벌로, 죄수에게 디딜방아를 끊임없이 밟아 돌리게 했던 벌)과 빈민구호법은 여전히 유효하죠?"

"물론입니다. 둘 다 건재하죠."

"거 다행이구려. 당신들이 처음에 한 말을 듣고 그 좋은 것들이 다 없어져 버린 줄 알았소. 아무 일 없다니 마음이 놓이는군."

신사가 발끈했다.

"그런 것만으로는 가난으로 고통 받고 있는 수많은 이들에게 정신적으로나 육체적으로 기독교적 사랑을 충분히 베풀기 어렵습니다. 그런 까닭에 저희 몇몇이 기부금을 모으러 다니는 거고요. 불우한 이웃들에게 고기와 음료 그리고 땔감을 마련해 주려고 말입니다. 특별히 이맘때를 고른 이유는 이때야말로 넉넉한 사람들에게는 풍요로움이 넘치는 반면 가난한 사람들은 자기들의 가난을 더욱 뼈저리게 느끼는 시기이기 때문이죠. 자, 뭐라고 적을까요?"

"아무것도 적지 마시오."

"익명으로 기부하고 싶으십니까?"

"날 좀 가만히 내버려 두란 말이오. 마침 내가 원하는 게 뭐냐고 당신이 물어보니 대답해 주는 거요. 난 내 스스로가 크리스마스라는 것을 즐기지 않을 뿐더러 게으름뱅이들을 즐겁게 해 줄 만큼 넉넉하지도 않소. 난 이미 내가 아까 말했던 그런 시설들을 돕고 있소. 그것만으로도 어찌나 돈이 많이 드는지……. 그러니 생계가 어려운 사람들은 그리로 가라고 하시오."

"그리로 갈 수 없는 사람들이 많이 있습니다. 또 그런 곳에 손을 벌리느니 차라리 죽어버리겠다고 하는 사람들도 많고요."

"차라리 죽겠다면 그러라고들 하시오. 그러면 남아도는 인구를 줄일 수도 있을 테고. 그나저나 미안한 말인데 난 당신들이 도통 무슨 말을 하고 있는 건지 전혀 모르겠구려."

"아실 텐데요."

"나랑은 상관없는 일이오. 모름지기 사내란 자기 일 하나만 잘하면 그걸로 충분하지 남의 일까지 간섭해서는 안 되는 법이오. 난 내 일만으로도 코가 석 자인 사람이오. 그러니 이제 그만 가보시오, 신사 양반들!"

더 이상 설득하려 해봤자 아무 소용이 없다는 것을 깨달은 두 신사는 스크루지의 사무실에서 그대로 물러나고 말았다. 스크루지는 우쭐해져서 다시 일하기 시작했다. 기분도 평소보다 훨씬 더 좋아졌다.

그 사이 안개와 어둠은 더욱 짙어져 횃불을 든 사람들이 이리저리 뛰어다니며 마차를 끄는 말들 앞에서 길을 밝혀 주었다. 오래된 교회 탑마저 더 이상 보이지 않았다. 교회 탑 안에는 퉁명스럽게 울리는 낡은 종이 고딕 양식의 창문 사이로 스크루지를 몰래 내려다보고 있었다. 종소리는 매 시간은 물론, 15분마다 덜덜 떨리는 여운을 남기며 안개 속으로 퍼졌다. 종이 울릴 때마다 얼어붙은 머리에 달린 이빨들이 덜그럭거리며 서로 부딪치는 듯한 소리가 났다. 날은 점점 추워지고 있었다. 큰길 모퉁이에서는 노동자 몇몇이 화톳불을 지펴 놓고 가스관을 고치고 있었다. 화톳불 주위로 누더기 차림의 어른들과 아이들이 모여 들더니 너나 할 것 없이 황홀한 표정으로 활활 타오르는 불길을 바라보며 꽁꽁 얼어붙은 손을 녹였다. 얼어 터진 소화관은 흘러내리는 물이 괴상하게 얼어붙은 채 그대로 방치되어 있었다. 거리의 상점들은 하나같이 붉은 열매가 달린 호랑가시나무 가지로 창가가 꾸며져 있었다. 호랑가시나무 가지들은 창문 안쪽에 켜놓은 등잔의 더운 바람에 바스락거리고 있었고 가게에서 새어 나오는 불빛들은 지나가는 행인들의 창백한 얼굴을 불그레하게 물들이고 있었다. 닭이나 칠면조 고기를 파는 푸줏간 식품점은 그야말로 축제 분위기였다. 하나같이 얼마나 화려한지 그저 물건을 팔고 사는 무미건조한 장소라고는 도저히 생각할 수 없을 정도였다. 요새처럼 단단하게 지어진 시청 건물 안에서는 요리사들 50여 명과 집사들이 시장의 주의를 듣고 있었다. 시장은 자신의 품위에 걸맞은 크리스마스가 되어야 한다는 사실을 강조하고 또 강조했다. 지난 월요일 길에서 술을 마시고 난동을 피운 혐의로 45실링의 벌금형에 처해졌던 재봉사마저도 오늘 밤은 자기 집 다락

방에 앉아 내일 먹을 크리스마스 푸딩을 끓였고 비쩍 마른 재봉사의 아내는 아기를 품에 안은 채 소고기를 사러 가기 위해 걸음을 재촉했다.

안개는 더욱 짙어지고 날씨는 점점 더 추워졌다. 살점이 떨어져 나갈 것 같은 매서운 추위였다. 이런 날씨에는 악마들을 물리쳤다는 성 던스턴 대주교조차도 그들을 물리치기 위해 자기가 평소 사용하던 무기를 집어들 필요가 없었을 것이다. 이 매서운 추위로 악마의 코를 살짝 꼬집기만 해도 악마는 괴성을 지르며 도망쳤을 테니까. 굶주린 개가 뼈다귀를 물어뜯듯 굶주린 추위에 제 자그마한 코를 물어뜯긴 사내아이가 사무실의 열쇠구멍을 통해 스크루지가 일하고 있는 모습을 들여다보았다. 사내아이는 스크루지를 기쁘게 할 요량으로 크리스마스 캐롤을 부르기 시작했다.

하나님이 그대의 유쾌한 신사를 축복하시기를!
부디 아무것도 그대를 실망시키지 않기를!

아이가 첫 소절을 부르기 무섭게 스크루지가 막대자를 덥석 움켜잡았다. 아이는 겁에 질려 자욱한 안개보다도 스크루지에게 더 잘 어울리는 추운 날씨에 열쇠 구멍을 넘겨주고 냅다 도망쳐버렸다.

드디어 사무실 문을 닫을 시간이 되었다. 스크루지가 마지못해 자리에서 일어나자 골방에서 퇴근 시간을 학수고대하던 서기가 기다렸다는 듯이 촛불을 끄고 모자를 썼다.

스크루지가 물었다.

"자네 내일 하루 종일 쉬고 싶을 테지?"

"네. 사장님께서만 괜찮으시다면요."

"난 괜찮지가 않네. 게다가 이건 공평하지도 않아. 자네가 하루 쉰다고 내가 자네의 월급에서 반 크라운을 깎는다면 자네는 분명 억울해 할 테지?"

서기가 애매한 웃음을 지었다.

스크루지가 물었다.

"그런데 일하지 않은 날까지 꼬박 쳐서 월급을 줘야 하는 나는 억울하다고 생각되지 않는가?"

그런 날은 1년에 딱 하루뿐이지 않으냐고 서기가 조심스럽게 입을 열었다.

"매년 12월 25일마다 남의 지갑에서 돈을 빼내 가려는 궁색한 변명이지!"

스크루지는 외투의 단추를 턱밑까지 단단히 채우며 말을 이었다.

"어쨌든 내일 하루는 쉬게 내버려 둬야 할 것 같군. 대신 모레 아침엔 평소보다 일찍 나와야 하네. 명심하게."

서기가 그러겠다고 약속하자 스크루지는 툴툴거리며 사무실을 나갔다. 서기 역시 눈 깜짝할 사이에 사무실 문을 잠그고 하얀 목도리를 허리 아래까지 길게 늘어뜨린 다음 밖으로 나왔다. 서기는 크리스마스이브를 맞아 콘힐 언덕에서 미끄럼을 타려고 줄 서 있는 아이들의 꽁무니에 서서 스무 번이나 미끄럼을 탔다. 그러고는 집에서 기다리고 있을 아이들과 술래잡기를 하며 놀아 줄 생각으로 타운에 있는 집을 향해 있는 힘껏 달렸다.

스크루지는 그날 저녁도 여느 때와 마찬가지로 쓸쓸한 단골 선술집에 앉아 혼자 끼니를 때웠다. 선술집에 놓인 신문이란 신문은 죄다 읽은 다음 자신의 회계 장부를 들여다보며 나머지 저녁 시간을 보낸 스크루지는 마침내 잠을 청하러 집으로 향했다. 스크루지는 죽은 동업자, 말리가 살던 독신자 공동주택에 살고 있었다. 공동주택은 막다른 골목 끝에 위치한 어두침침한 건물로, 내부에는 컴컴한 방들이 일렬로 다닥다닥 붙어 있었다. 인적이 어찌나 드문지 그 건물을 보고 있노라면 먼 옛날 그 건물이 지어진 지 얼마 안 된 새 건물이었을 때, 주위의 다른 건물들과 숨바꼭질을 하며 숨어들었다가 나가는 길을 찾지 못해서 그곳에 영원히 자리 잡게 된 것이 아닐까 하는 생각이 들었다. 건물은 이제 너무 낡고 헐어서 스크루지 말고는 아무도 그곳에 살지 않았다. 세를 내는 방들도 모두 사무실용이었다. 골목은 어찌나 어두운지 바닥에 깔린 돌멩이 하나하나까지 일일이 알고 있던 스크루지조차 손으로 더듬으며 조심스럽게 앞으로 나가야 했다. 냉기를 품은 안개가 낡을 대로 낡은 검은색 현관문을 자욱하게 감싼 모습이 마치 날씨를 다스리는 신이 문지방에 죽치고 앉아 우울한 명상에 빠져 있는 것처럼 보였다.

자, 그건 그렇고, 스크루지의 현관문은 문 두드리는 문고리가 다른 집들 것보다 유난히 크다는 것 말고는 별다른 점이 없이 평범했다. 게다가 스크루지는 그 집에 살게 된 이래 하루도 빼놓지 않고 아침저녁으로 문 두드리는 문고리를 보아 왔다. 그뿐만 아니라, 감히 예를 들자면 지방의회 의원, 시의회 위원, 동업 조합원을 포함, 런던에 사는 다른 모든 사람들과 마찬가지로 스크루지 역시 상상력이라고는 눈을 씻고 봐도 없는 사람이었다. 또 하나, 비록 스크루지가 그날 오후 기부금을 걷으러 온 두 신사에게 7년 전 저세상으로 간 자기 동업자 얘기를 꺼낸 것은 사실이지만 그게 전부일 뿐, 그 이후 저녁 시간 내내 다시는 말리에 대해 생각하지 않았다는 것도 분명히 해

둘 필요가 있다.

그런데 대체 어떻게 이런 일이 벌어질 수 있었단 말인가! 어찌된 영문인지 아는 사람이 있다면 제발 내게 설명해 달라고 부탁하고 싶다. 스크루지가 열쇠 구멍에 열쇠를 꽂는 순간 여태껏 멀쩡하던 문고리에 말리의 얼굴이 나타난 것이다.

분명 말리의 얼굴이었다! 말리의 얼굴은 골목에 있는 여느 다른 물체들처럼 어두운 그림자 속에 가려져 있는 것이 아니라 컴컴한 지하실에서 썩어가고 있는 바닷가재처럼 음산한 빛을 발하고 있었다. 화가 나거나 위협을 가하는 표정은 아니었다. 유령 같은 안경을 유령 같은 이마 위에 걸친 채 살아생전 그랬듯이 스크루지를 멍하니 들여다보고 있었다. 머리카락은 날숨이나 뜨거운 공기를 쐬고 있는 양 이상하게 흔들렸고 두 눈을 부라리고 있었지만 눈동자는 전혀 움직이지 않았다. 거기에 납빛처럼 희멀건 안색까지 겹쳐 말리의 얼굴은 그야말로 섬뜩하기 짝이 없었다. 하지만 말리의 얼굴에서 뿜어져 나오는 섬뜩함은 말리가 원해서가 아니라 그로서도 어쩔 수 없는 것 같아 보였다.

스크루지가 뚫어져라 환영을 바라보자 말리의 얼굴은 순식간에 온데간데없이 사라져 버리고 그 자리는 다시 문 두드리는 문고리로 바뀌었다.

이렇게 끔찍한 일을 겪자 스크루지는 얼마나 놀랐던지 어린 시절 이후 한 번도 느껴 보지 못한 소름이 온몸에 쫙 끼쳤다. 하지만 스크루지는 놀라서 떨어뜨릴 뻔했던 열쇠를 다시 쥐고 힘 있게 돌려 문을 연 다음 집 안으로 들어가 촛불을 켰다.

그렇긴 해도 스크루지는 문을 닫기 전 잠시 주춤했다. 행여 현관문 쪽으로 말리의 길게 땋아 올린 머리가 삐죽 들어와 있는 것은 아닐까 하는 두려운 마음으로 반신반의하면서 문 안쪽을 조심스럽게 살폈다. 하지만 문 안쪽에는 문고리를 고정시키는 나사 말고는 아무것도 없었다. 그제야 스크루지는 "젠장, 젠장!" 소리를 연발하며 문을 쿵 하고 닫아 버렸다.

문 닫히는 소리가 천둥소리처럼 건물 전체로 울려 퍼졌다. 위층에 있던 방들은 물론이거니와 포도주 장수가 빌려 쓰는 지하 저장고의 술통들까지 제각각의 메아리를 울려댔다. 하지만 메아리 소리 따위에 겁을 집어먹을 스크루지가 아니었다. 스크루지는 현관문을 단단히 걸어 잠그고 복도를 지나 계단을 올라갔다. 아주 천천히, 촛불의 심지를 다듬으면서 말이다.

사람들은 넓은 걸 비유할 때 '육두마차'를 자주 들먹인다. 계단이 어찌나 넓은지 육두마차를 몰고 올라가도 되겠어.'라든지, '새로 생긴 법이 어찌나 허점투성인지 육두마차도 뚫고 지나가겠어.' 등. 내가 지금 여기서 하고자 하는 말도 다름 아니라 스크루지가 오르고 있는 계단이 아주 넓었다는 사실이다. 어느 정도냐 하면 계단에 시체를 운반하는 영구마차를 세워 놓아도 될 만큼 넓었다. 그것도 '가로로' 말이다. 수레의 채를 벽 쪽으로, 수레의 뒷문을 계단 난간 쪽으로 향하게 해서 영구마차를 계단에 횡으로 세워도 끄떡없었다. 계단이 어찌나 넓은지 그러고도 공간이 남아돌 지경이었다. 그 때문이었을까? 스크루지는 어두운 계단에서 영구차를 본 것 같은 착각에 빠졌다. 길거리에 세워 놓은 가로등 여섯 개를 뽑아 온다 하더라도 그 어두컴컴한 계단을 밝히기에는 역부족이었으니 스크루지가 들고 있던 촛불 하나에 의지한 계단이 얼마나 어두웠는지는 가히 짐작할 수 있을 것이다.

하지만 그깟 어둠쯤은 스크루지에게 아무런 문제도 되지 않았다. 어둡다는 것은 곧 돈이 덜 든다는 얘기이고 그것은 스크루지가 둘도 없이 바라던 바였다. 어찌 되었건 둔중한 침실 문을 닫아 걸기 전 스크루지는 모든 방들을 일일이 돌아다니며 집 안에 아무 이상이 없는지 확인했다. 그때까지도 말리의 얼굴이 어찌나 생생하던지 그렇게 하지 않으면 도저히 마음이 놓이지 않을 것 같았기 때문이다.

거실, 침실, 창고방 할 것 없이 모두 그대로였다. 탁자 밑에도 소파 밑에도 아무도 없었다. 벽난로에는 희미한 불길이 타고 있었고 숟갈과 공기 그릇도 언제나처럼 손이 닿는 곳에 놓여 있었다. 벽난로 시렁에는 코감기에 걸린 스크루지가 미지근하게 먹을 수 있도록, 귀리죽이 담긴 작은 냄비가 올라가 있었다. 침대 밑과 벽장 안은 물론, 수상쩍은 모양으로 벽에 걸린 잠옷 속에서도 아무것도 발견할 수 없었다. 창고방 안에는 낡은 난로 울타리, 헌 신발, 생선 광주리 두 개, 삼발이 위에 얹어 놓은 세면대, 그리고 부지깽이가 뒹굴고 있을 뿐 여느 때와 조금도 달라진 것이 없었다.

그제야 마음이 놓인 스크루지는 침실로 들어가 방문을 걸어 잠갔다. 평소와는 달리 이중으로 문을 잠그고 자신을 단단히 방 안에 가두었다. 더 이상 놀랄 일이 없다고 생각한 스크루지는 넥타이를 끄르고 잠옷으로 갈아입고 슬리퍼를 신고 잠잘 때 쓰는 모자를 뒤집어 쓴 다음 귀리죽을 한 술 뜨려고 벽난로 앞에 앉았다.

정말 약한 불씨였다. 그렇게 추운 날에는 있으나 마나 한, 희미하게 타고 있던 한 줌의 석탄에서 그나마 불기라도 좀 느낄 수 있으려면 벽난로 앞으로 바싹 다가가 불 위로 몸을 잔뜩 구부려야 했다. 낡은 벽난로였다. 오래전 네덜란드 상인이 만든 것으로 벽난로 주위에는 성서의 내용이 그려진 좀 색다른 네덜란드 타일들이 붙어 있었다. 카인과 아벨, 파라오의 딸들, 시바의 여왕, 새털구름을 타고 내려오는 천사들, 아브라함, 벨샤자르, 조각배를 타고 망망대해로 떠나는 사도들……. 스크루지가 생각해 낼 수 있는 인물들은 그야말로 수백 명에 달했다. 하지만 하필이면 말리의 얼굴, 이미 7년 전에 저 세상 사람이 되어 버린 말리의 얼굴이 불쑥 나타나더니 고대 선지자의 마술 지팡이처럼 모든 것을 죄다 지워 버렸다. 만일 그 매끈한 타일들 위에 처음부터 아무 그림도 없어서 스크루지의 머릿속에 어지러이 떠오르는 생각의 단편들을 타일 위에 그림으로 그려 낼 수 있었다 하더라도, 타일들은 모두 낡은 말리의 얼굴로 채워지고 말았을 것이다.

"헛것을 본 거야."

스크루지는 자리에서 일어나 방 안을 걸어 다니기 시작했다.

잠시 후, 스크루지는 다시 제자리로 돌아와 앉았다. 의자의 받침에 머리를 기대고 좀 편히 앉으려던 스크루지의 눈길이 방안에 매달려 있는 종에 멈추었다. 지금은 기억조차 나지 않는 어떤 목적으로 건물 맨 꼭대기 층에 있는 방과 연락을 하기 위해서 사용했던, 지금은 아무 쓸모도 없는 종이었다.

그런데 종을 바라보고 있는 스크루지에게 놀랍고 기이하고 무시무시한 일이 벌어졌다. 종이 저절로 흔들리기 시작한 것이다. 처음에는 아주 가볍게 흔들려서 거의 아무 소리도 들리지 않았다. 하지만 얼마 가지 않아 종소리가 요란해지더니 집 안의 종이란 종은 죄다 함께 울리기 시작했다.

한 30초쯤 울렸을까? 길게 잡아도 1분을 넘기지는 않았을 것이다. 하지만 스크루지에게는 그 1분이 적어도 한 시간은 되는 것처럼 느껴졌다. 종소리는 시작할 때 그랬던 것처럼 일제히 한순간에 멈추었다. 종소리가 멈추자 저 아래 깊은 곳에서 쩔그럭거리는 소리가 들려왔다. 포도주 장수가 드나드는 지하실에서 마치 누군가가 술통 위로 쇠사슬을 질질 끄는 듯한 소리였다. 스크루지는 언젠가 들은 말이 생각났다. 유령의 집에서는 유령들이 항상 쇠사슬을 끌고 다닌다는 사실을 말이다.

지하실 문이 쾅 하고 열리는가 싶더니 쇠사슬 끄는 소리가 더 분명하게 아래층에서 들려왔다. 소리는 복도를 지나고 계단을 올라와 곧장 스크루지의 방으로 다가오고 있었다.

"잘못 들은 거야! 내 저런 소리를 믿을까 봐?"

하지만 '그'가 조금의 주저함도 없이 둔중한 방문을 뚫고 들어와 스크루지 눈앞에 서는 순간 스크루지의 안색은 변하고 말았다. 꺼져가던 촛불도 역시 그가 방 안으로 들어서는 순간 "나도 저 사람을 알아. 말리의 유령이야!"라고 외치듯 확 살아 올랐다가 다시 사그라졌다.

바로 그 얼굴이었다. 한 치의 변함도 없었다. 길게 땋아 늘인 꽁지머리, 살아생전에 늘 입고 다니던 양복 조끼, 딱 달라붙는 바지와 긴 부츠, 꽁지머리만큼이나 뻣뻣한 부츠의 장식술, 외투자락 그리고 머리털까지 모두 그대로였다. 말리가 끌고 다니는 사슬은 그의 허리께를 꽉 조이고 있었다. 긴 사슬이었다. 꼬리처럼 말리의 몸을 칭칭 감은 사슬은 스크루지가 자세히 들여다보니 돈궤, 열쇠, 맹꽁이자물쇠, 금전 출납 대장, 서류 다발, 강철로 된 무거운 돈궤로 이루어져 있었다. 말리의 몸은 투명해서 외투 뒤에 달린 단추 두 개까지 조끼를 뚫고 훤히 들여다보였다.

말리는 심장도 없는 몰인정한 놈이라는 소리를 자주 들어왔지만 스크루지는 이제껏 한 번도 그 말을 믿어 본 적이 없었다. 아니, 두 눈으로 자기 앞에 서 있는 말리의 유령을 똑똑히 바라보고 있는 지금 이 순간에도 스크루지는 믿지 않았다. 죽음의 냉기가 담긴 말리의 눈동자에서 오싹함을 느끼면서도, 생전의 말리에게서는 한 번도 보지 못한, 하지만 지금은 어엿이 말리의 머리와 턱을 동여매고 있는 목도리의 결을 한 올 한 올 보고 있으면서도 스크루지는 자신의 감각을 부정하며 믿으려 들지 않았다.

스크루지가 특유의 차갑고 공격적인 말투로 대들었다.

"어쩌자는 거야? 나한테 무슨 볼일이라도 있는 거야?"

스크루지가 평소의 쌀쌀맞고 빈정대는 목소리로 말했다.

"많지!"

말리의 목소리였다. 틀림없었다.

"대체 넌 누구야?"

"내가 누구였느냐고 물어보게나."

스크루지의 목소리가 한결 높아졌다.

"좋아, 당신 누구였는데? 유령치고는 지나치게 따지고 드는군."

스크루지는 "유령 주제에."라고 말할까 하다가 지나치게 따지고 든다는 말이 더 잘 어울릴 것 같아서 얼른 말을 고쳤다.

"이승에 있을 때는 자네의 동업자 제이콥 말리였네."

스크루지가 미심쩍은 표정으로 물었다.

"자네……, 여기에 앉을 수 있겠나?"

"물론이지."

"그럼 좀 앉게나."

스크루지가 특별히 이런 질문을 던진 이유는 속이 훤히 비치는 유령이 과연 앉을 수 있는지 호기심이 생겼기 때문이기도 했지만 그보다는 유령이 앉지 못할 경우, 당황해하며 장황한 변명을 늘어놓는 꼴을 보고 싶었기 때문이다. 하지만 유령은 벽난로 맞은편에 놓인 의자로 가 익숙한 솜씨로 앉았다.

"자넨, 여전히 날 못 믿는군."

유령이 말했다.

"그렇다네."

"자네의 감각보다 더 확실한 증거가 또 어디에 있겠나?"

"글쎄."

"왜 자신의 감각을 의심하는 겐가?"

"그러니까 그게…… 감각이란 녀석은 사소한 것에도 영향을 받을 수 있기 때문이지. 조금만 속이 거북해도 감각이라는 녀석은 금방 거짓말을 해 버린다네. 자네는 소화되지 않은 고깃덩이일 수도 있고, 겨자 찌꺼기나 치즈 부스러기일 수도, 아니면 설익은 감자 덩어리일 수도 있단 말이네. 즉 지금 내가 보고 있는 자네라는 존재는 그게 정확히 뭐가 됐던 간에 공동묘지의 냄새보다는 고기즙 냄새가 난단 말이야."

스크루지는 원래 농담 따위를 하는 사람이 아니었다. 더구나 지금은 장난칠 기분도 아니었다. 사실을 말하자면 유령의 목소리가 골수에 사무치도록 무서운 나머지 자신의 주의를 딴 데로 좀 돌려보려고, 공포심을 조금이라도 죽여 보려고 문자를 썼던 것이다.

스크루지에게 고정된 채 전혀 움직이지 않는 말리의 흐리멍덩한 눈을 잠시라도 가만히 보고 있자니 스크루지로서는 그야말로 돌아버릴 지경이었다. 게다가 더 끔찍한 것은 유령 주위를 휘감고 있는 지옥의 공기였다. 스크루지 자신은 직접 감지할 수 없었지만 지옥의 공기는 분명히 유령의 주위를 감돌고 있었다. 유령이 꼼짝도 하지 않고 앉아 있음에도 머리카락과 외투 자락 그리고 부츠에 달린 장식 술이 오븐에서 나오는 뜨거운 김에 흔들리는 것처럼 이리저리 흩날리고 있는 것이 그 증거였다.

스크루지는 좀 전과 같은 이유에서 또 한 번 질문 공세를 폈다.

"자네 이 이쑤시개가 보이나?"

그러면서 속으로는 잠시라도 좋으니 유령이 제발 시

선을 이쑤시개 쪽으로 돌려 주었으면 하고 바랐다.

"보이네."

유령이 대답했다.

"거짓말, 그쪽을 보고 있지도 않잖아!"

"보고 있지 않아도 보인다네."

스크루지가 소리쳤다.

"좋아, 정 그렇다면 이 이쑤시개를 그대로 집어 삼켜 남은 인생 동안 내 스스로 만들어 낸 수많은 귀신들에게 쫓겨 다니며 박해받는 수밖에 별 도리가 없겠군. 자네에게 말하지만 이건 모두 사기야! 죄다 거짓말이라고!"

그 말이 떨어지기가 무섭게 유령은 끔찍한 괴성을 지르며 쇠사슬을 마구 흔들어대기 시작했다. 겁에 질린 스크루지는 정신을 잃지 않으려고 의자에 단단히 매달려야 했다. 하지만 그 정도는 약과였다. 방이 너무 덥기라도 한 것처럼 유령이 머리와 턱에 감고 있던 목도리를 풀어 버리자 아래턱이 그만 유령의 가슴팍으로 뚝 떨어졌으니 놀라움이 오죽했을까!

스크루지는 유령 앞에 무릎을 꿇고 얼굴 앞으로 두 손을 모으고 말했다.

"부디 자비를 베푸소서! 무시무시한 유령 나리, 왜 저를 괴롭히시는 겁니까?"

"속세밖에 모르는 인간, 이제 내가 말리의 유령이라는 사실을 믿겠나?"

유령이 물었다.

"믿네, 믿을 수밖에. 한데 어째서 유령들은 이승을 떠도는 것이며 또 하필 나한테 오는 겐가?"

"사람은 살아생전 자신의 영혼을 자유로이 풀어 주어야 할 의무가 있네. 영혼이 여기저기 돌아다니면서 다른 사람들과 폭넓게 사귈 수 있도록 해주어야 한단 말일세. 살아서 그렇게 하지 못한 영혼은 죽어서 떠돌아다니도록 저주를 받지. 세상을 맴돌며 비통한 마음으로 지켜봐야 한다네. 살아서 자기가 놓쳐 버린 행복이 무엇인지를 말이야."

유령이 또다시 소리를 질렀다. 쇠사슬을 흔들고 그림자 같은 손을 비틀었다.

스크루지가 떨리는 목소리로 물었다.

"쇠사슬은 왜 끌고 다니는가?"

"살아생전 내가 만든 쇠사슬이라네. 한 고리, 두 고리, 1미터, 2미터, 그렇게 늘려 나갔지. 내 스스로 두르고 옭아맨 거야. 자네 눈엔 낯설어 보이나?"

스크루지의 온몸이 점점 떨려 왔다.

유령이 말을 이었다.

"아니면 자네 몸에 두르고 있는 쇠사슬이 얼마나 무겁고 긴지 알고 싶은 건가? 7년 전 크리스마스이브 때 이 정도였는데 자네가 그 이후로도 열심히 사슬을 만들어 온 덕에 지금은 상당히 무거워져 있군!"

스크루지는 혹시 자기 몸에 1~200미터짜리 쇠사슬이 매달려 있는가 싶어 발밑을 흘낏 내려다보았다. 하지만 스크루지의 눈에는 아무것도 보이지 않았다.

스크루지가 애원하듯 말했다.

"제이콥! 제이콥 말리! 제발 좀 더 자세히 얘기해 주게. 내게 위로될 만한 얘기를 좀 해줘!"

"난 어떻게도 해줄 말이 없다네. 위로는 다른 곳에서 오는 거야. 에브니저 스크루지. 나와는 다른 부류의 사람들이 자네와는 다른 종류의 사람들에게 전할 수 있는 거지. 자네에게 정말 해 주고 싶은 말이 있지만 난 그것조차 말해서는 안 된다네. 아주 조금만 더 얘기해줄 수 있을 뿐이야. 난 그 어느 곳에서도 쉴 수 없다네. 시간을 끌 수도 없지. 자네 듣고 있나? 돈벌이에 급급해 그 좁디좁은 굴에서 나와 본 적이 없다고. 그 대가로 죽어서 이렇게 힘겹게 떠돌아야 하는 거라네."

스크루지는 생각에 잠길 때마다 바지 주머니에 손을 찔러 넣는 버릇이 있었다. 지금도 유령이 한 말을 곰곰이 생각하며 손을 바지 주머니에 넣었다. 하지만 여전히 무릎을 꿇은 채 눈은 바닥을 향하고 있었다.

"그걸 깨닫는 데 아주 오래 걸렸구먼."

스크루지는 공손하지만 사무적인 태도로 말했다.

"오래라!"

유령이 되뇌었다.

스크루지가 골똘히 생각하며 말을 이었다.

"죽은 지 7년째인데 그 세월 내내 떠돌아다녔다는 건가?"

"그렇다네. 안식도 평화도 없었어. 끝없는 후회와 회한으로 줄곧 고통스러웠다네."

스크루지가 또 물었다.

"빨리는 다니는가?"

"바람의 날개를 타고 다닌다네."

"그렇다면 지난 7년 동안 상당히 많은 곳들을 돌아다녔겠구먼."

그 말을 듣자마자 유령은 또다시 소리를 지르며 쇠사슬을 마구 흔들어 댔다. 한밤중의 정적을 깨는 그 소리가 어찌나 시끄럽고 끔찍하던지 소란죄로 기소당해도 할 말이 없었을 것이다.

유령이 울부짖었다.

"아아! 나는 갇히고 얽매이고 쇠사슬에 꽁꽁 묶인 채 아무것도 몰랐었지. 불멸의 존재들이 얼마나 오랜 시간 동안 쉬지 않고 노력해야 세상이 유익해지는지 알지 못했네. 이웃 사랑을 실천하는 이들에게 이승에서의 삶은 더 많은 선행을 베풀기에 턱 없이 짧은 시간이라는 걸 몰랐어. 아무리 후회해 본들 이승에서 놓쳐 버린 기회를 다시는 만회할 수 없다는 사실을 몰랐지. 아아. 그게 나였다네! 나는 그런 놈이었어!"

스크루지가 더듬거리며 말했다.

"하…하지만… 자넨 늘 훌륭한… 사…사업가였잖은가. 제이콥."

스크루지가 머뭇거리며 말했다. 사실은 자신에게 그 말을 하고 있었다.

"사업가라고!"

유령이 다시금 울부짖으며 손을 비틀어댔다.

"내 진정한 사업은 세상 사람들을 위한 것이어야 했네. 모두가 잘 살 수 있도록 힘쓰는 것이 내 사업이어야 했어. 자비와 박애, 용서, 자선, 이런 것들이 내 사업이어야 했다고. 내가 했던 장사는 내가 진짜로 했어야 할 사업에 비하면 망망대해의 물 한 방울에 지나지 않았어."

유령은 자신의 헛된 슬픔이 몸을 옭아매고 있는 쇠사

슬 때문인 것처럼 팔을 높이 뻗어 쇠사슬을 들어 올렸다가 다시 바닥에 힘껏 내리쳤다.

유령이 말을 이었다.

"해마다 이맘때가 가장 괴롭다네. 어째서 나는 두 눈을 내리깐 채 사람들을 외면하며 걸었던가! 왜 한 번이라도 눈을 들어 동방박사들을 누추한 거처로 인도했던 거룩한 별을 바라보지 않았던가! 그 거룩한 별이 날 이끌고 갈만한 가난한 집이 없었던 것도 아닐 텐데."

스크루지는 사시나무 떨듯 몸을 떨며 유령의 한탄을 들었다. 낭패감이 밀려들었다.

유령이 소리쳤다.

"내 말을 듣게! 나에게 주어진 시간도 거의 끝나가고 있으니."

"듣고 있네. 하지만 날 너무 가혹하게 대하지는 말아 주게. 그렇다고 말을 빙빙 돌릴 필요도 없어 부탁이네, 제이콥!"

"내가 오늘 어떻게 해서 자네 눈에 보이는 이런 모습으로 나타날 수 있었는지 그것은 말해 줄 수 없네. 난 그동안에도 수많은 날들을 자네 곁에 보이지 않는 모습으로 앉아 있곤 했지."

그다지 유쾌한 상상은 아니었다. 스크루지의 온몸에

소름이 돋았다. 스크루지는 이마에 돋은 땀을 닦아 냈다.

유령이 말을 이었다.

"이건 내 속죄 가운데서도 힘든 부분 중 하나라네. 오늘 밤 내가 여기에 온 것은 자네에게는 나와 같은 운명을 비껴갈 기회와 희망이 아직 있다는 것을 말해 주기 위해서일세. 내가 자네에게 마련해 주는 단 한 번의 기회이자 희망일세, 에브니저."

"자넨 늘 좋은 친구였지, 고맙네."

"이제 자네에게 세 유령이 찾아올 걸세."

그 말에 스크루지의 턱은 유령의 턱 만큼이나 쩍 벌어졌다.

스크루지가 따지는 목소리로 더듬거리며 물었다.

"그…그게 자네가 말한 기…기회와 희망이란 말인가, 제이콥?"

"그렇다네."

"차…차라리, 아…안 나타나는 편이 낫겠네."

"그 세 유령을 만나지 않고서는 나의 전철을 피할 수 없네. 내일 새벽, 1시를 알리는 종소리가 들리면 첫 번째 유령이 나타날 걸세."

"세 유령을 한꺼번에 만나 버리면 안 되겠나, 그게 더 나을 텐데?"

"두 번째 유령은 그다음 날 새벽 같은 시간에 찾아올 걸세, 그리고 셋째 날 밤, 12시를 알리는 마지막 종소리가 울린 뒤 그 떨림이 멎을 때쯤 세 번째 유령이 나타날 거야. 날 다시 보는 일은 없을 걸세. 하지만 자네 자신을 위해서 오늘 밤 우리 둘 사이에 있었던 일을 잊지 말게. 명심하게나."

유령은 말을 마치자 탁자에 두었던 목도리를 집어 머리와 턱을 처음처럼 다시 둘둘 감았다. 그때까지 바닥을 내려다보고 있던 스크루지는 유령의 이가 딱딱 부딪치는 소리를 듣고서야 유령이 목도리로 양 턱을 다시 고정시켰다는 사실을 알았다. 스크루지는 용기를 내어 두 눈을 치켜들었다. 쇠사슬을 몸에 두르고 팔에 걸친 채 자기 앞에 꼿꼿이 서 있는 초자연적인 방문객의 모습이 눈에 들어왔다.

유령은 서서히 뒷걸음질 치며 스크루지에게서 멀어져 갔다. 유령이 한 발자국씩 물러설 때마다 창문이 조금씩 열리더니 유령이 창가에 닿았을 때는 어느덧 활짝 열려 있었다.

유령이 스크루지에게 다가오라고 손짓했다. 스크루지가 앞으로 걸어 나갔다. 유령으로부터 두 발자국 정도 떨어진 곳에 이르렀을 때 말리의 유령은 손을 들어 스크루지에게 더 이상 다가오지 말라는 신호를 했다. 스크루지가 제자리에 멈추어 섰다.

복종이라기보다는 놀람과 두려움에서 나온 행동이었다. 유령이 손을 들어 올리자 갑자기 허공에서 울부짖는 소리가 들렸기 때문이다. 비탄과 후회, 이루 말할 수 없이 구슬픈 자책의 울음소리가 마구잡이로 쏟아져 나왔다. 유령은 잠시 그 소리에 귀를 기울이더니 자기도 따라 울부짖으며 황량한 어둠 속으로 날아가 버렸다.

스크루지는 궁금함을 참지 못하고 창 쪽으로 다가가 바깥을 내다보았다.

밤하늘에는 구슬피 울어 대며 잠시도 쉬지 못하고 여기저기 떠돌아다니는 유령들로 가득 차 있었다. 유령들은 말리의 유령처럼 하나같이 쇠사슬에 묶여 있었다. 그중에는 서로 함께 묶인 유령들도 있었다. 몸이 자유로운 유령은 하나도 없었다. 생전에 스크루지와 알고 지내던 유령들도 적지 않았다. 특히 하얀색 조끼를 입은 유령은 스크루지와 꽤 친하게 지내던 사이였다. 그 유령은 발목에 괴물처럼 큰 강철 금고를 매단 채 갓난아이를 안고 현관 계단에 쭈그리고 앉아 있는 가엾은 여인을 내려다보며 돕고 싶어도 도울 길이 없는 자신의 처지를 한탄하며 울부짖고 있었다. 이제 와서 아무리 간절히 세상 사람들을 돕고 싶어 해봤자 더 이상 그럴 수 없다는 사실이 이들 모두가 겪고 있는 비극인 듯했다.

유령들이 안개 속으로 사라져 버렸는지 아니면 안개가 유령들을 가려 버렸는지 스크루지로서는 알 길이 없었다. 어쨌든 유령들과 그들이 외치는 아우성이 천천히 사라져 버리자 밤은 어느덧 스크루지가 집으로 돌아오던 때와 똑같은 모습으로 돌아와 있었다.

스크루지는 창문을 닫고 말리의 유령이 들어왔던 문을 들여다보았다. 문은 자기가 직접 잠갔던 대로 여전히 이중으로 채워져 있었다. 빗장에서도 뭔가 변한 것을 찾아볼 수 없었다. 스크루지는 "헛것을 본 게야."라고 내뱉으려다가 튀어나오려는 말을 첫 음절에서 꾹 삼켜버렸다. 너무나 기복이 심한 감정의 변화를 겪은 탓인지, 하루가 너무 피곤했던 탓인지, 영혼의 세계를 들여다본 탓인지, 유령과 침울한 대화를 나눈 탓인지 아니면 시간이 너무 늦은 탓인지 어쨌거나 간절히 쉬고 싶은 심정에 그는 옷도 벗지 않고 곧장 침대로 올라가서 그대로 곯아떨어져 버렸다.

제2부

첫 번째 유령

문득 잠에서 깬 스크루지가 방안을 둘러보았다. 방안은 너무나 깜깜해서 어디가 투명한 유리창이고 어디가 불투명한 벽인지 분간하기 어려웠다. 충혈된 눈으로 어둠 속을 뚫어지게 바라보고 있을 때, 집 근처 교회에서 네 번째 15분을 알리는 종소리가 들려왔다. 곧 몇 시인지를 알리는 종소리가 울릴 차례였다. 스크루지는 정각이 될 때까지 귀를 기울이고 기다렸다.

그런데 댕, 댕… 여섯, 일곱, 여덟……. 일정한 간격으로 울리던 종소리가 놀랍게도 12시를 알리고 나서야 잠잠해졌다. 12시라니! 스크루지가 잠자리에 들 때가 이미 2시가 넘은 시간이었는데. 시계가 고장 난 것이 틀림없었다. 고드름이 시계의 톱니바퀴 안에 얼어붙었을 거야. 12시라니!

스크루지는 이 엉터리 같은 시간을 제대로 알 생각으로 반복 타종 시계(태엽을 누르면 마지막으로 울린 시간을 다시 한 번 반복해서 들려주는 시계)의 스프링을 눌렀다. 반복 타종 시계의 여린 박동 역시 빠르게 열두 번을 치더니 멈추었다.

스크루지가 중얼거렸다.

"도대체 어떻게 이럴 수가! 내가 이틀 밤을 내내 잤을 리가 없는데! 그렇다면 지금이 낮 12시란 말인가? 태양에 무슨 변이라도 생겨서 이렇게 어두운 걸까? 그럴 리도 없을 텐데……!"

덜컥 불안해진 마음에 스크루지는 침대를 빠져나와 더듬더듬 창문 쪽으로 갔다. 창밖을 내다보기 위해서는 우선 창문에 하얗게 낀 성에부터 잠옷 소맷자락으로 대충 닦아 내야 했다. 하지만 별로 보이는 게 없기는 마찬가지였다. 자욱한 안개와 추운 날씨는 여전해 보였다. 하지만 사람들이 시끄럽게 왔다 갔다 하는 소리는 들리지 않았다. 밤이 대낮을 물리쳐 세상이 어둠의 지배를 받게 되었다 해도 만약 지금이 낮이라면 분명 사람들 소리가 들렸으리라. 스크루지는 마음이 놓였다. 당연했다. 낮이 없어졌다가는 스크루지에게 짭짤한 수입을 가져다주는 어음 거래는 무용지물이 되고 말테니까 말이다. 날을 셀 수도 없으니 '3일 후 어음에 기재된 금액을 에브니저 스크루지 씨나 그가 정한 지급인에게 지불하시오.'라는 말은 미국 정부가 발행한 채권을 조각처럼 변하게 만들 것이다.

다시 침대로 돌아온 스크루지는 생각에 생각을 거듭했지만 그 기이한 현상은 어떻게 설명할 방법이 없었다. 고민하면 할수록 머릿속만 복잡해질 뿐이었다. 그렇다고 생각을 안 하려고 애쓰면 애쓸수록 점점 더 깊은 생각에 빠져들었다.

스크루지는 말리의 유령에 대한 생각을 도저히 머릿속에서 지울 수가 없었다. 고민 고민해서 모든 게 꿈이었다는 결론을 애써 내리면 그것도 잠시, 생각은 어느새 용수철처럼 튕겨서 다시 제자리로 돌아가 있었다.

"그게 꿈이었던가? 생시였던가?"

시계가 세 번째 15분이 지나고 있음을 알렸다. 똑같은 질문을 되뇌며 침대에 누워 있던 스크루지에게 1시를 알리는 종소리가 들리면 유령이 찾아올 것이라는 말이 불현듯 떠올랐다. 스크루지는 1시가 지날 때까지 깨어 있으리라 마음먹었다. 이런 상황에서 잠든다는 것은 그가 천국에 가는 것만큼이나 불가능한 일이었으니 깨어 있기로 마음먹은 것은 아주 현명한 결정이었다.

15분이 어찌나 더디게 흐르던지 스크루지는 혹시 졸다가 종소리를 놓친 것이 아닐까 하고 몇 번이나 마음을 졸였다. 마침내 기다리고 기다리던 종소리가 귓전을 울렸다.

"댕!"

"15분!"

스크루지는 시간을 세면서 말했다.

"댕!"

"30분!"

"댕!"

"45분!"

"댕!"

스크루지가 의기양양하게 외쳤다.

"정각이군. 역시 아무 일도 없잖아?"

스크루지는 시간을 알리는 종소리가 미처 울리기도 전에 마음을 놓았다. 깊고 둔탁한 그러면서도 텅 빈 듯 음울한 종소리가 다시 한 번 울려 퍼졌다. 1시였다. 별안간 방이 환해지더니 침대에 드리워진 커튼이 젖혀졌다. 어떤 손이 커튼을 젖힌 것이다. 침대 발치에 드리워진 커튼도 아니고 등 뒤의 커튼도 아닌 바로 스크루지 눈앞에 걸린 커튼을 누군가가 옆으로 걷어치웠다. 깜짝 놀라 몸을 일으키던 스크루지가 커튼을 옆으로 젖힌 방문객의 얼굴과 맞닥뜨렸다. 도저히 이 세상의 사람이라고는 상상할 수도 없는 모습이었다. 마치 지금의 나처럼, 내가 마음속으로 여러분의 곁에 바싹 붙어 있는 것처럼 그렇게 가까이 스크루지는 방문객과 마주했다.

이런 기묘한 모습이라니! 유령은 어린애 같아서 다시 보았더니 어린애 같으면서 한편으로 노인 같아 보이기도 했다. 초자연적인 매체를 통해 보는 것처럼 눈앞에 서 있으면서도 멀리 떨어져 있는 듯한 형상이었다. 키도 어린애마냥 땅딸막했다. 등 뒤로 늘어뜨린 머리카락은 나이든 사람처럼 하얗게 세어 있었으나 얼굴은 주름살 하나 없이 발그스름했다. 팔은 아주 길고 힘 있어 보였다. 손 역시 아귀힘이 매우 세 보였다. 반면 팔과 다리는 아주 가늘었다. 손발, 팔다리 할 것 없이 맨살을 그대로 드러내 놓고 있었다. 로마인들이 입었던 새하얀 튜닉 위에는 아름답게 반짝이는 허리띠를 두르고 있었다. 손에는 싱싱한 초록 호랑가시나무 가지를 들고 있었는데 겨울의 상징인 호랑가시나무는 튜닉을 장식한 여름 꽃들과 묘하게 대조되었다. 하지만 가장 신기한 것은 이 모든 것을 볼 수 있게 해주는 정수리에서 뿜어져 나오는 밝은 빛줄기였다. 겨드랑이 밑에 끼고 있는 커다란 고깔 모양의 소방 모자는 기분이 언짢을 때 뒤집어쓰려고 갖고 다니는 것이 틀림없었다. 빛을 꺼버릴 셈으로 말이다.

하지만 좀 더 찬찬히 유령을 들여다보자니 정수리에서 뿜어져 나오는 빛줄기보다 더 신기한 것이 있었다. 허리띠가 여기서 번쩍 저기서 번쩍, 빛이 이리저리 바뀌어 가며 번쩍거리는 것이었다. 한순간 밝은가 싶으면 금세 어두워져 버렸다. 따라서 빛이 변할 때마다 유령의 형상도 시시각각 변하고 있었다. 팔이 하나인가 싶으면 어느새 다리가 하나처럼 보였고 다리가 스무 개인가 세고 있으면 다리는 정상이되 이번에는 머리가 온데간데없이 사라져 버렸다. 심지어 몸통이 사라지고 머리만 덩그러니 공중에 떠 있는 모습이 되기도 했다. 사라지는 신체 부분들이 어찌나 감쪽같이 어둠 속으로 녹아 버리는지 희미한 윤곽조차 보이지 않았다. 하지만 시시각각 변하는 유령의 형상을 감탄하고 있노라면 유령은 어느새 온전한 모습으로 서 있었다.

스크루지가 물었다.

"오늘 밤에 나타나기로 되어 있던 그 유령님이십니까?"

"그렇다!"

유령의 목소리는 부드럽고 친절했지만 마치 아주 먼

곳에서 대답하는 것처럼 작게 들렸다.

"무슨 유령이신가요?"

"나는 과거 크리스마스의 유령이다."

스크루지가 난쟁이처럼 조그만 유령을 바라보며 물었다.

"아주 먼 과거를 말씀하시는 건가요?"

"아니, 네 과거를 말하는 거지."

뜬금없이 스크루지는 고깔 모양의 소방 모자를 뒤집어쓴 유령의 모습이 궁금해졌다. 왜 그런지 그 이유는 말할 수 없었지만 너무 궁금해서 견딜 수가 없었다. 스크루지는 유령에게 모자를 써 달라고 애원했다.

유령이 소리를 버럭 질렀다.

"이런, 고약한! 넌 네 죄 많은 손으로 내가 선사하는 이 빛을 그렇게 빨리 꺼버리고 싶은 거냐? 이 모자를 만들어 낸 것이 너같이 욕심 많은 인간들 아니었더냐? 수많은 세월 동안 이 모자를 강제로 내 머리에 덮어씌우지 않았더냐? 그런데 그것만으로는 충분하지 않단 말이냐?"

스크루지는 유령의 심기를 불편하게 할 생각은 전혀 없었으며 지금껏 유령에게 제멋대로 '모자를 씌운' 기억도 없다고 공손히 부인했다. 그러고 나서 용기를 내어 무슨 일 때문에 자기를 찾아왔느냐고 물었다.

"널 위해서지."

유령이 대답했다.

스크루지는 입으로는 고맙다고 말하면서도 속으로는 '차라리 잠이나 편히 자도록 내버려 둘 것이지.' 하고 생각했다. 유령은 스크루지의 속마음을 알아차렸는지 말을 당장 바꾸었다.

"아니, 널 좀 나은 인간으로 만들기 위해서라고 하는 편이 옳겠지. 조심하도록 해라!"

그러고는 자신의 억센 손으로 스크루지의 팔을 지그시 잡았다.

"자, 일어나라. 나와 함께 갈 데가 있다."

스크루지가 날씨도 춥고 시간도 한밤중이라 밖에 나다니기에는 적당하지 않다고 말해 봤자 아무 소용도 없었을 것이다. 침대 안은 따뜻하지만 바깥 기온은 영하로 뚝 떨어진 지 오래라고 말해 봤자, 자기는 잠옷과 슬리퍼 차림에 잠잘 때 쓰는 모자만 쓰고 있을 뿐 거기다 설상가상으로 코감기까지 걸린 형편이라고 애원해 봤자, 들어주지 않을 게 뻔했다. 유령의 손길은 여자의 손길처럼 부드러웠으나 뿌리칠 수 없는 힘이 느껴졌다. 스크루지는 하는 수 없이 자리에서 일어났다. 하지만 유령이 문 쪽이 아닌 창문 쪽으로 가는 것을 보자 유령의 옷자락에 매달려 애원하기 시작했다.

"전 인간이기 때문에 창문에서 떨어질 겁니다."

유령이 스크루지의 가슴에 손을 얹으며 말했다.

"하지만 내 손을 네 가슴에 얹으면 용기가 생길 것이다. 이보다 더 높은 곳도 아무 문제없을 것이다."

유령의 말이 채 끝나기도 전에 둘은 어느새 벽을 통과해 양쪽으로 들판이 펼쳐진 탁 트인 시골길 위에 서 있었다. 도시의 모습은 완전히 사라져 흔적조차 찾아볼 수 없었다. 어둠과 안개 역시 도시와 함께 걷혀 버리고 대신 차고 화창한 겨울날이 눈앞에 펼쳐졌다. 땅에는 눈이 하얗게 덮여 있었다.

스크루지가 양손을 마주잡으며 외쳤다.

"이럴 수가! 여기는 내 고향이에요. 내가 어려서 살던 곳이라고요."

스크루지가 흥분해서 사방을 둘러보았다.

유령이 부드러운 눈길로 스크루지를 바라보았다. 잠시 스치듯 지나간 유령의 손길이 아직도 늙은 스크루지의 감각 속에 그대로 남아 있는 듯했다. 스크루지는 공기 속에서 느껴지는 수천 가지 향기들을 감지해 냈다. 그 향기들에 얽힌 수천 가지 생각들, 희망과 기쁨 그리고 고통까지 모든 것을 새롭게 기억해 냈다. 아주 오랫동안 까맣게 잊고 지내던 것들이었다.

유령이 입을 열었다.

"입술을 떨고 있군. 뺨에는 또 그게 뭐지?"

스크루지는 평소답지 않게 말을 더듬으며 뾰루지라고 대답했다. 그러고는 유령에게 자기가 가고 싶은 곳으로 가자고 간청했다.

"길을 기억할 수 있겠는가?"

유령이 물었다.

스크루지가 열띤 목소리로 대답했다.

"기억하고말고요! 눈을 감고도 갈 수 있는 걸요."

"이상한 일이로구나. 그런 걸 그렇게 오랜 세월 동안 잊고 지내다니! 자 그럼, 가보자꾸나."

둘은 길을 따라 걸었다. 스크루지는 대문 하나하나, 말뚝 하나하나, 나무 한 그루 한 그루까지 죄다 알아보았다. 멀리 장이 들어서던 마을이 눈에 들어왔다. 마을 교회와 굽이굽이 흐르는 시냇물 위에 놓인 다리도 보였다. 몇몇 사내아이들이 덥수룩한 조랑말을 타고 다가오고 있었다. 조랑말에 올라탄 아이들은 농부들이 모는 마차와 수레에 탄 다른 아이들을 소리쳐 부르고 있었다. 아이들은 다들 신이 나서 서로에게 환호성을 질러 댔다. 넓은 들판은 어느새 즐거운 노래 소리로 가득 차 상쾌한 겨울 공기마저 함께 웃어 대는 듯했다.

유령이 말했다.

"지금 우리가 보고 있는 것은 모두 과거의 환영일 뿐이다. 저들 눈에는 우리가 안 보이지."

즐거워하는 아이들이 가까이 다가오자 스크루지는 한 명, 한 명 그들의 이름을 모두 기억해 냈다. 스크루지는 아이들을 다시 보고 왜 그토록 기뻐했던 걸까? 아이들이 자기 앞을 지나쳐 사라지는 모습을 보며 어째서 스크루지의 냉정한 눈에 눈물이 고이고 가슴은 두근두근 뛰었던 것일까? 갈림길과 샛길에서 헤어지는 아이들이 서로에게 "메리 크리스마스!"라고 인사를 주고받는 소리를 들으며 스크루지의 가슴이 기쁨으로 빼근하게 저려 온 이유는 무엇일까? 대체 스크루지에게 크리스마스가 뭐기에? 빌어먹을 크리스마스! 크리스마스가 스크루지에게 해 준 것이 뭐가 있다고!

"학교가 완전히 텅 빈 것은 아니군. 친구들에게 따돌림 당하는 외톨이 소년이 아직도 남아 있어."

유령이 말했다.

스크루지는 그 소년을 안다고 말하면서 눈물을 쏟았다.

둘은 큰길을 벗어나 눈에 익은 좁은 골목으로 들어섰다. 검붉은 벽돌 건물이 눈에 들어왔다. 수탉 모양의 풍향계를 얹어 놓은 둥그런 지붕 안에는 종이 매달려 있었다. 커다란 건물이었다. 하지만 좋은 시절은 이미 지나가 버린 듯 했다. 큼직큼직한 방들은 대부분 비어 있었고 벽에는 습기가 차 곰팡이가 잔뜩 피어 있었다. 유리창은 깨지고 문은 썩어 들어가고 있었다. 닭들만이 닭장 안에서 꼬꼬댁거리며 활개를 치고 있을 뿐 마차고와 헛간에는 잡초가 무성히 자랐다. 과거에 누렸을 부귀영화는 건물 어디에서도 찾아볼 수 없었다. 어두운 현관을 지나 문이 열린 방들을 여기저기 살펴보았지만 변변히 꾸며진 방이라고는 찾아볼 수가 없었다. 어느 방을 막론하고 모두 썰렁하고 을씨년스러울 뿐이었다. 공기 중에는 곰팡이 냄새가 진동했다. 냉기가 감도는 이 삭막한 공간들은 이곳이 촛불을 밝히며 꼭두새벽에 일어나지 않으면 안 되는, 굶주린 배를 형편없는 식사로 때우지 않으면 안 되는 장소임을 떠올리게 했다.

유령과 스크루지는 복도를 가로질러 건물 뒤쪽에 있는 문으로 향했다. 문이 스르르 열리더니 덩그러니 길기만 한 방이 눈에 들어왔다. 일렬로 놓인 허술한 나무 의자와 책상 때문에 방은 더욱 초라해 보였다. 난롯불 근처에 놓인 책상 앞에서 외톨이 사내아이 하나가 책을 읽고 있었다. 스크루지는 오랜 세월 잊고 지냈던 자신의 가여운 옛날 모습을 보자 그만 한쪽 의자에 주저앉아 흐느끼기 시작했다.

건물 안에 숨어 있는 메아리, 벽 뒤에서 찍찍 울어대는 쥐 소리, 적막한 뒷마당의 추녀 홈통 사이로 반쯤 녹아 떨어져 내리는 물방울 소리, 생기 잃은 포플러 나무의 앙상한 가지 사이로 불어대는 바람의 한숨 소리, 헛되이 흔들거리는 텅 빈 헛간 문소리, 난로의 장작불이 타들어 가는 소리, 그 어느 것 하나 스크루지의 마음에 사무치지 않는 것이 없었다. 스크루지는 마음이 약해져서 하염없이 눈물을 흘렸다.

유령이 스크루지의 팔을 잡으며 책 읽기에 푹 빠진 어린 스크루지의 모습을 좀 보라고 가리켰다. 순간 어디에선가 이국적인 옷을 입은 남자가 갑자기 나타나 창문 바깥에 버티고 섰다. 더할 나위 없이 생생한 모습이었다. 허리춤에는 도끼를 차고 있었고 손에는 나무를 한 짐 가득 실은 당나귀의 고삐를 쥐고 있었다.

스크루지가 흥분해서 소리쳤다.

"이럴 수가! 저건 알리바바예요! 선하고 정직한 알리바바 말이에요! 아, 그래요. 기억나요. 언젠가 크리스마스 무렵, 저 외톨박이 아이가 혼자 이 방에 앉아 있을 때 처음으로 찾아왔죠. 꼭 저렇게요! 가엾은 꼬마! 보세요, 발렌타인과 야생에서 자란 발렌타인의 쌍둥이 동생 오르손

(1550년 이래 영국에도 잘 알려진 프랑스 영웅담의 주인공들)도 저기에 걸어가고 있어요! 아아, 그리고 저 사람 이름이 뭐더라? 다마스커스 성문 앞에서 속바지 차림으로 쓰러져 자고 있는 저 사람 말이에요. 저 사람 안 보이세요? 램프의 요정 지니가 거꾸로 처박힌 저 꼴 좀 보세요. 저래도 싸지. 그것 참 쌤통이네. 그러게 누가 언감생심 공주와 혼인을 할 꿈을 꾸랬나!"

스크루지가 이런 이야기로 열을 올리며 웃는 것도 우는 것도 아닌 이상야릇한 목소리로 떠들어 대는 것은 평소의 그답지 않은 모습이었다. 그뿐인가! 스크루지의 얼굴은 흥분한 나머지 벌겋게 달아올라 있었다. 런던에서 스크루지와 거래하는 사람들이 스크루지의 이런 모습을 보았더라면 다들 놀라 뒤로 자빠졌을 게 분명했다.

스크루지가 다시 소리를 질렀다.

"저기 앵무새 좀 보세요! 녹색 몸뚱이, 노란색 꼬리 그리고 머리 위에 양상추처럼 삐죽삐죽 솟은 깃털까지. 틀림없어요! 보세요, 저기 가엾은 로빈슨 크루소가 있죠? 섬 주위를 둘러보고 집으로 돌아오는 로빈슨 크루소에게 말을 건 것은 앵무새였어요. '가엾은 로빈슨 크루소, 어디 갔다 온 거야? 어디 갔다 온 거야?'라고 말이죠. 로빈슨 크루소는 자기가 꿈을 꾸고 있다고 생각했지만 꿈이 아니었어요. 앵무새였던 거지요. 아시겠어요? 아, 저기 프라이데이가 있는 힘껏 작은 만으로 달려가고 있군요. 이봐! 이보라고! 이것 봐!"

소리를 지르던 스크루지의 기분이 갑자기 돌변했다. 평소 감정의 변화라고는 거의 찾아볼 수 없는 스크루지임을 감안할 때 전혀 그답지 않은 행동이었다. 스크루지는 과거의 자신이 불쌍해서 견딜 수가 없었다.

"가엾은 꼬마! 아아, 가엾은 꼬마!"

그러고는 다시 목 놓아 울기 시작했다.

스크루지는 소맷자락으로 눈물을 훔치더니 손을 주머니에 찔러 넣고 주위를 두리번거리며 중얼거렸다.

"아아, 그럴 수만 있다면, 내가 그렇게 할 수만 있다면……. 하지만 이젠 너무 늦었어. 늦었다고."

"무슨 말을 하고 있는 거지?"

유령이 물었다.

"아무것도 아닙니다요. 그저……. 어젯밤에 제 사무실 문 앞에서 크리스마스 캐럴을 부르던 아이가 있었는데, 몇 푼이라도 좀 쥐어서 보낼 걸 해서 말이죠. 그뿐입니다요."

유령의 입가에 의미심장한 미소가 떠올랐다. 유령이 손짓을 하며 말했다.

"자, 이제 또 다른 크리스마스를 보러 가 보자꾸나."

유령의 말이 떨어지기가 무섭게 꼬마 스크루지는 어느새 부쩍 자라 소년이 되어 있었다. 방은 아까보다 더 어둡고 지저분했다. 벽에 댄 나무판자들은 죄다 뒤틀려 있었고 유리창은 깨져 있었으며 천장은 회가 떨어져 나가 욋가지의 흉한 모습을 훤히 드러내었다. 어찌된 영문인지 어리둥절하기는 여러분이나 스크루지나 매한가지였다. 다만 스크루지에게 분명한 것은 눈앞에 펼쳐지고 있는 광경이 한 치도 틀림없는 사실이라는 것이었다. 다른 급우들이 크리스마스를 보내러 모두 집으로 돌아가 버린 텅 빈 방안에 소년 스크루지는 또 다시 혼자였다.

다만 이번에는 책을 읽는 대신 절박한 심정으로 방안을 왔다 갔다 하고 있었다. 스크루지가 유령을 한 번 보더니 침울하게 고개를 내저으며 두려운 눈길을 문으로 옮겼다.

문이 열리면서 스크루지보다 훨씬 어려보이는 여자 아이가 뛰어 들어왔다. 여자 아이는 그 소년의 목을 덥석 끌어안으며 볼에다 연신 입을 맞추기 시작했다.

"오빠, 소중한 나의 오빠!"

여자 아이는 앙증맞은 손으로 손뼉을 치며 좋아했다.

"오빠를 집으로 데려가려고 왔어! 집 말이야, 집!"

"집이라고, 팬?"

소년 스크루지가 되물었다.

"그렇다니까! 집으로 아주 가는 거야. 영원히 말이야. 아빠가 전보다 훨씬 부드러워지셨어. 덕분에 집이 꼭 천국 같다니까! 얼마 전에 내가 자러 가려는데 아버지가 얼마나 다정하게 잘 자라고 하시던지. 그래서 내가 용기를 내서 물었지. 오빠가 집으로 와도 되느냐고. 그랬더니 당연하다고 대답하시지 뭐야. 그러면서 오빠를 데려오라고 날 마차에 태워 이리로 보내신 거라고. 이제 오빠도 어엿한 어른이 되는 거야."

여자 아이는 큰 눈을 더욱 동그랗게 뜨며 말을 이었다.

"이제 다시는 이리로 돌아올 필요 없어. 그나저나 우선은 크리스마스부터 즐기도록 하자고. 세상에서 가장 멋진 크리스마스가 될 거야."

"우리 꼬맹이 팬이 이제 숙녀가 다 됐구나."

소년이 소리쳤다.

여자 아이가 깔깔거리며 손뼉을 쳐 댔다. 그러고는 소년의 머리를 쓰다듬어 주려고 했지만 키가 너무 작아 머리에 손이 안 닿았다. 그러자 또 한 번 까르르 웃으면서 대신 발끝으로 서서 소년을 꼭 끌어안았다. 이윽고 여자 아이가 응석을 부리듯 소년의 손을 잡고 소년을 문 쪽으로 잡아끌었다. 소년은 동생이 잡아끄는 대로 기꺼이 끌려갔다.

"마스터 스크루지의 짐을 아래로 내가게."

복도에서 쩌렁쩌렁한 목소리가 들리더니 곧이어 교장이 직접 복도에 나타났다. 교장은 화난 얼굴을 하고 교만한 태도로 스크루지를 노려보며 악수를 청했다. 스크루지는 벌벌 떨며 교장과 악수를 했다. 교장은 스크루지와 여동생을 외딴 방으로 안내했다. 아주 오래된 방이었다. 전에 한 번도 본 적이 없는 멋진 응접실이었다. 하지만 방안이 어찌나 추운지 창가에 놓인 천구의와 지구의는 물론 벽에 걸린 지도들에까지 김이 하얗게 서려 있었다. 교장은 믿기지 않을 정도로 묽은 포도주와 삼키지 못할 만큼 설익은 케이크 한 조각을 내오더니 아이들에게 그 대단한 진수성찬을 아주 조금 맛보게 해 주었다. 그러면서 밖에서 기다리고 있는 마부에게도 '그 대단한 것'을 한 잔 가져다주라고 비쩍 마른 자기 하인에게 일렀다. 잠시 후 하인이 마부가 한 말을 교장에게 그대로 전했다. 말씀은 대단히 고맙지만 이게 지난번에 맛보았던 그 술이라면 차라리 안 마시고 말겠다고 말이다. 그사이 스크루지의 짐이 전부 마차에 실렸다. 아이들은 기다렸다는 듯이 잽싸게 교장에게 작별 인사를 하고 마차에 올라탔다. 마차는 상록수의 검푸른 이파리 위에 하얗게 쌓인 서리와 눈을 흩날리며 학교 진입로를 신이 나게 빠져나갔다.

유령이 입을 열었다.

"약하고 여린 아이였지. 바람만 조금 불어도 금방 꺾여버릴 것 같았어. 마음만은 정말 넓었지만."

"그랬지요. 유령님 말씀이 맞습니다! 그렇지 않다고 했다간 천벌을 받을 겁니다."

유령이 말을 이어 갔다.

"그런데 결혼한 후에 죽었지, 아마? 자식이 있는 걸로 아는데."

"하나 있습지요."

"그래, 맞아. 자네에겐 조카가 되지?"

스크루지는 마음이 편치 않은 듯 그저 "예."라고 짧게 대답하고 말았다. 유령과 스크루지는 학교를 벗어나 어느새 북적대는 시내 한가운데에 서 있었다. 바쁘게 왔다 갔다 하는 행인들의 환영이 보였다. 짐수레와 마차들도 서로 앞 다투어 달리고 있었다. 대도시에서나 보고 들을 수 있는 소음과 혼잡함이 그대로 배어 나왔다. 가게들에 매달린 장식을 보니 이곳도 크리스마스 무렵인 것이 틀림없었다. 하지만 저녁 시간이었고 거리가 불빛으로 반짝이고 있었다.

유령이 어떤 가게 문 앞에 멈춰 서더니 스크루지에게 여기가 어디인지 기억하겠느냐고 물었다.

"당연하지요! 제가 일을 배운 곳이 아닙니까!"

스크루지가 대답했다.

유령과 스크루지가 안으로 들어갔다. 웨일스풍의 가발을 쓴 노신사가 높은 걸상에 앉아 일을 하고 있었다. 걸상이 어찌나 높던지 노신사의 키가 5센티미터만 더 컸더라도 머리가 천장에 닿았을 것이다. 스크루지가 흥분해서 외쳤다.

"저분은 페치윅 어르신이에요! 이럴 수가! 저분이 다시 살아오시다니!"

페치윅이라고 불린 노신사가 펜을 내려놓더니 시계를 올려다보았다. 시계는 7시를 가리키고 있었다. 패치윅 노인은 양손을 비비고 나서 헐렁한 양복 조끼의 매무새를 고쳤다. 그러고는 발끝에서부터 인정 넘치는 심장에 이르기까지 그야말로 온몸에서 우러나오는 웃음을 호탕하게 웃어젖혔다. 노인의 듣기 편한 굵직하고 부드러운 음성이 가게 안에 쩌렁쩌렁 울렸다.

"이봐! 에브니저! 딕!"

어느새 청년으로 자란 과거의 스크루지가 또 다른 견습생과 함께 노신사의 사무실로 급하게 뛰어 들어왔다.

스크루지가 유령에게 속삭였다.

"저기, 딕 윌킨스예요! 딕 윌킨스가 틀림없어요! 날 몹시 따랐는데. 가엾은 딕! 가엾은 딕!"

페치윅 노인이 손뼉을 치며 말했다,

"어어, 이보게들! 오늘은 그만들 일하게나. 크리스마스 이브 아닌가. 크리스마스라고! 자, 딕, 에브니저! 어서 가게 문을 닫게. 서두르라고!"

딕과 스크루지가 얼마나 재빠르게 행동했는지 여러분은 상상도 못할 것이다. 하나, 둘, 셋에 덧문을 가지고 밖으로 달려 나갔고, 넷 ,다섯, 여섯에 덧문을 끼웠으며 일곱, 여덟, 아홉에 빗장을 질러 채운 다음 열둘까지 다 세기도 전에 경주마처럼 숨을 헐떡이며 제자리로 돌아와 있었다.

"오호호!"

페치윅 노인이 즐거운 비명을 지르며 놀랄 정도로 민첩하게 높다란 걸상에서 뛰어내려왔다.

"자, 젊은 친구들, 여기 이것들을 죄다 치워 버리게. 여기다 널찍한 자리를 만드는 거야! 자, 어서!"

말끔히 치우라고? 페치윅 노인이 지켜보고 있는 한, 치우고 싶지 않은 것도 치울 수 없는 것도 없었다. 불과 1분 만에 끝났다. 조금이라도 움직일 수 있는 물건들은 죄다 치워 버렸다. 마치 영원히 다시 보지 않을 것들처럼. 그러고 나서 바닥을 쓸고 물로 닦았다. 전등의 먼지도 털어내고 벽난로 안에 석탄도 잔뜩 쏟아 부었다. 가게 안은 어느새 누구나 겨울 저녁이면 동경할 만한 아늑하고 따뜻하고 환한 무도회장으로 변해 있었다.

바이올린을 켜는 악사가 악보를 들고 들어오더니 페치윅 노인의 높은 걸상 앞에 섰다. 그러고는 걸상을 무대 삼아 바이올린 음을 맞추기 시작했다. 끼이익 끼익, 바이올린에서 돼지 멱따는 소리가 났다. 이윽고 페치윅 부인이 함박 미소를 머금고 등장했다. 그 뒤를 페치윅 부부의 사랑스러운 세 딸들이 따랐고, 이 세 아가씨들 때문에 애간장을 태우는 여섯 명의 청년들이 따라 입장했다. 그러고 나서 가게에서 일하는 모든 젊은이들이 들어왔다. 하녀는 빵장수 사촌을 데리고 왔고 요리사는 자기 오빠와 가장 친한 우유 배달부를 데리고 왔다. 주인한테 밥 한 끼 제대로 얻어먹지 못한다고 소문난 길 건너편 가게 사환 아이도 여주인한테 허구한 날 귀를 잡아 뜯긴다는 이웃집 하녀 뒤에 몸을 숨기며 조심스레 들어왔다. 수줍은 이, 대범한 이, 우아한 이, 쭈뼛거리는 이 모두 할 것 없이 줄지어 차례차례 입장했다. 서로 밀고 당기며 실랑이 하는 모습도 보였다. 그러나 어쨌거나 다들 들어와 어느 구석에건 자리를 잡았다.

곧 무도회가 시작되었다. 스무 쌍이 한꺼번에 무도장에 섰다. 이쪽으로 반 바퀴, 저쪽으로 반 바퀴. 가운데로 모였다가 다시 뒤로 헤치고, 좋든 싫든 여러 사람들과 끊임없이 짝을 바꿔가며 돌고 또 돌았다. 열 맨 앞에 서 있던 쌍이 번번이 엉뚱한 자리로 가 섰기 때문에 다음에 열 맨 앞으로 나오는 쌍은 늘 처음부터 다시 시작하지 않으면 안 되었다. 그러다 결국엔 모든 쌍들이 앞줄에 서게 되었고 이들을 받쳐 줄 꼬리에는 한 쌍도 남지 않게 되었다.

이쯤 되자 페치윅 노인이 손뼉을 치며 외쳤다.

"자, 자, 다들 그만. 잘들 했어요! 아주 잘했다고!"

악사도 바이올린을 내려놓더니 자기를 위해 특별히 마련된 맥주잔에 화끈 달아오른 얼굴을 들이대고 벌컥벌컥 마셔 댔다. 하지만 맥주잔을 내려놓은 악사는 더 이상의 휴식을 거부하며 춤추려는 사람도 아직 없는데 곧바로 새로운 음악을 연주하기 시작했다. 마치 조금 전의 악사는 녹초가 되는 바람에 덧문에 실려 집에 가 버리고 다른 악사가 새로 와서 죽기 살기로 연주하는 것 같았다.

사람들이 다시 춤을 추기 시작했다. 한 차례 춤을 추고 나서는 벌금놀이을 하며 놀았다. 그러고는 또 다른 춤이 이어졌다. 케이크와 데운 와인, 편육, 찜, 다진 고기 파이 그리고 각종 맥주가 줄줄이 나왔다. 하지만 그날의 절정은 뭐니 뭐니 해도 돈벌이에 약삭빠른 악사가 '로저 드 코벌리 경'을 연주했을 때였다. 페치윅 노인이 일어서더니 부인을 데리고 무도장으로 나갔다. 그것도 맨 앞줄에 서서 열을 이끄는 선두 쌍으로! 스물 서너 쌍을 뒤에 거느리고 춤을 춘다는 것은 결코 호락호락한 일이 아니었다. 게다가 이번에 춤을 추려고 나온 이들은 재미삼아 그저 몇 발짝 밟아 보려는 사람들이 아니라 정말 제대로 춤을 추고자 하는 사람들이었다.

하지만 두 배, 아니 네 배나 더 많은 사람들이 꼬리에 늘어섰다 한들 페치윅 노인은 그들을 인솔하는 데 아무런 문제가 없었을 것이다. 그것은 페치윅 부인도 마찬가지였다. 말이 나온 김에 하는 말인데 페치윅 부인이야말로 모든 면에서 완벽한 배우자였다. 이 정도의 칭찬이 부족하다면 누군가 내게 더 근사한 말을 가르쳐 주기 바란다. 내 당장 그 말을 써서 패치윅 부인을 칭송하도록 할 테니. 춤 동작이 바뀔 때마다 하얀 양말을 신은 페치윅 노인의 양 장딴지에서 달처럼 훤한 빛이 뿜어져 나왔다. 다음에는 어떤 동작이 이어질지 아무도 짐작할 수 없었다. 앞으로, 뒤로, 양손으로 상대를 잡았다가 절을 하고 무릎을 굽히고 한 번 더 돈 다음 열을 따라 다시 제자리로 돌아가는 이 모든 동작이 끝나자 페치윅 노인은 마치 두 다리로 윙크라도 하려는 듯 다리를 꼬아 멋지게 춤을 마무리 지었다. 다리를 풀 때도 조금도 비틀거리지 않았다.

시계가 11시를 울리자 가장 무도회도 끝났다. 페치윅 부부는 문 양쪽에 자리를 잡고 서서 떠나는 사람들과 일일이 악수를 나누며 크리스마스 축하 인사를 했다. 손님들이 전부 돌아가자 남아 있던 두 명의 견습생들에게도 악수를 청하며 즐거운 크리스마스를 기원했다. 어느덧 즐거운 목소리들은 모두 사라져 버리고 두 젊은이는 가게 뒤편 선반 아래에 놓인 자기들 침대로 가서 누웠다.

스크루지는 넋 나간 사람처럼 서서 이 모든 광경을 지켜보고 있었다. 과거의 자기 모습에 온통 마음을 빼앗긴 것 같았다. 장면 하나하나가 그때 그대로였다. 스크루지는 모든 것을 기억해 냈고 기뻐했으며 묘한 흥분감에 휩싸였다. 환하게 미소 짓는 자신과 딕의 얼굴이 사라지고 나서야 비로소 유령이 자기 곁에 서 있다는 생각이 들었다. 유령은 정수리에서 아주 밝은 빛을 뿜어내며 스크루지를 뚫어져라 바라보고 있었다.

"저렇게 단순한 사람들을 감동시키는 것은 누워서 떡 먹기지."

유령이 말했다.

"누워서 떡 먹기라고요?"

스크루지가 유령의 말을 따라 했다.

유령은 페치윅 노인을 칭찬하느라 정신없는 두 견습생의 말을 들어보라고 손짓했다. 그러고 나서 잠시 뒤 스크루지에게 물었다.

"어때, 그렇지 않은가? 페치윅 노인이 한 거라고는 너희 인간들의 하잘것없는 돈을 그저 몇 푼 쓴 것뿐이야. 뭐 한 3, 4파운드나 썼을까? 그게 과연 저런 칭찬을 들을 만큼 그렇게 대단한 건가?"

스크루지가 발끈했다. 스크루지는 자기도 모르는 사이에 현재의 자기가 아닌 과거의 자기로 되돌아가 유령에게 대들고 있었다.

"돈 문제가 아니지요! 돈 때문에 그러는 게 아닙니다. 페치윅 어르신은 우리를 흡족하게 할 수도 우리를 불행하게 할 수도 있는 힘을 가지신 분입니다. 그분이 어떻게 하느냐에 따라 우리가 마음 편하게 일할 수도 있고 그 정반대로 지옥 같은 분위기에서 일할 수도 있지요. 우리의 행과 불행이 그분의 마음에 달렸다 이겁니다. 물론 그분의 힘이란 게 고작 표정이나 말 몇 마디같이 아주 하찮은 것일 수도 있지요. 물질적으로는 너무 미미하고 보잘것

없어서 더하거나 셀 수조차 없는 것들 말이에요. 하지만 그래서 어떻다는 거죠? 그분 덕에 우리가 느끼는 행복은 억만금을 주어도 사지 못하는 것인데요."

스크루지는 유령의 시선을 느끼고는 입을 다물었다.

"왜 그러지?"

유령이 물었다.

"아무 일도 아닙니다요."

"무슨 문제가 있는 것 같은데?"

"별것 아닙니다요. 그저 지금 이 순간에 제가 데리고 있는 서기한테 따뜻한 말 한두 마디라도 건넬 수 있으면 좋겠다는 생각이 들어서요. 그게 다입니다."

스크루지가 자기의 소망을 입 밖에 내는 순간 과거의 스크루지가 등잔불을 껐다. 유령과 스크루지는 어느새 가게 안을 빠져나와 다시 바깥에 나란히 서 있었다.

"이제 내게 남은 시간이 별로 없군. 서둘러야겠어."

유령이 말했다.

혼잣말처럼 중얼거린 유령의 말이 어찌나 빠르게 효력을 나타냈는지 스크루지는 어느새 또 다른 자기의 과거를 보고 있었다. 이제 나이가 더 들어 인생의 절정기에 든 남자의 모습이었다. 지금의 냉혹함과 메마름을 찾아볼 수는 없었지만 어느새 걱정과 탐욕이 깃든 얼굴이었다. 열망과 욕심과 불안에 가득 찬 스크루지의 눈동자는 그의 마음속에 이미 욕망의 나무가 뿌리를 내리기 시작했으며 앞으로도 그 나무가 어디로 그림자를 드리울지를 보여주었다.

스크루지는 혼자가 아니었다. 상복을 입은 어여쁜 아가씨 곁에 나란히 앉아 있었다. 아가씨의 눈에 고인 눈물이 과거 크리스마스 유령에게서 뿜어져 나오는 빛을 받아 반짝거렸다.

아가씨가 낮은 목소리로 말하고 있었다.

"……중요하지 않을 테지요. 당신에게는 아무 문제도 아닐 거예요. 이제 당신에게는 나 대신 다른 우상이 생겼으니까요. 제가 당신에게 드리고자 했던 힘과 위로를 이제 그것이 채워 준다면 저로서도 슬퍼할 이유가 없군요."

"내게 무슨 새 우상이 생겼다는 거요?"

스크루지가 물었다.

"황금이라는 우상이지요."

"이것이 세상의 공평함이라는 거군! 가난만큼 가혹한 벌도 없으면서 부를 좇는다고 이런 벌을 받다니!"

"당신은 세상의 평가를 지나치리만큼 두려워해요. 아무런 가치도 없는 다른 이들의 비난이 두려워 당신은 당신의 모든 꿈들을 다 포기하고 말았어요. 난 당신이 지녔던 고귀한 꿈들이 하나씩, 둘씩 사그라지는 것을 곁에서 지켜봤지요. 이제 당신이 바라는 거라곤 돈, 돈밖엔 없어요. 그렇지 않은가요?"

"그게 어떻다는 거지? 내가 정말 당신 말대로 그렇게 이해타산에 밝아졌다 한들 어떻다는 거요? 당신을 향한 내 마음엔 변함이 없는데."

아가씨가 고개를 가로저었다.

"내가 변했다는 거요?"

"우리의 언약은 이제 옛말이 되어 버렸어요. 그땐 우리 둘 다 비록 가난했지만 끈기와 부지런으로 열심히 일하면 언젠가 잘살 수 있을 거라 생각하며 행복했지요. 하지만 당신은 변했어요. 당신은 우리가 언약했던 때와는 완전히 다른 사람이 되어 버렸어요."

스크루지가 조바심을 내며 말을 받았다.

"그때 난 세상 물정을 모르는 철부지였소."

"당신 마음에서 우러나오는 소리를 새겨들어 보세요. 그러면 당신은 더 이상 예전의 모습이 아니라는 것을 알 수 있을 거예요. 전 변한 게 없어요. 하지만 우리의 마음이 하나였을 때 느끼던 행복은 이제 우리가 당신과 나, 두 사람으로 갈라선 이상 불행을 초래할 뿐이에요. 제가 얼마나 자주 그리고 얼마나 심각하게 이 문제에 대해 고민했는지 구구절절 말하지는 않겠어요. 제가 고민했다는 사실 하나로 충분하니까요. 이제 당신을 놓아 드리죠."

"언제 날 놓아 달라고 한 적이 있소?"

"말로 한 적은 없지요. 한 번도 없어요."

"말로 한 적이 없다면 대체 내가 무엇으로 그렇게 했다는 거요?"

"달라진 성격, 변해 버린 영혼, 낯선 태도 그리고 완전히 바뀌어버린 꿈이 그 증거예요. 전에는 당신의 눈에 귀하고 가치 있게 비치던 제 사랑을 포기해 버린 것이 그 증거지요. 만일 우리가 아무런 언약도 하지 않았더라면……."

아가씨가 단호하지만 단호한 눈빛으로 물었다.

"……말해 봐요. 아직도 나를 선택하고 나를 얻으려고 애쓰겠어요? 아니, 그럴 리 없어요."

스크루지는 아가씨의 말에 수긍할 수밖에 없었으면서도 말로는 반박했다.

"내가 그러지 않을 거라고 생각하는군."

"할 수만 있다면 저도 달리 생각하고 싶어요. 그건 하늘도 아실 거예요. 하지만 진실을 깨닫고 보니 제 힘으로는 도저히 이 진실을 거역할 수 없다는 것도 깨달았어요. 지금 저더러 당신이 자유의 몸이라면 저같이 지참금 한 푼 없는 여자를 선택할 거라는 걸 믿으라는 건가요? 제가 이렇게 속마음을 털어놓는 이 순간에도 자신의 수지타산만을 저울질하고 있는 당신을요? 설사 당신이, 한순간 자신의 원칙을 저버리고 저를 선택한다고 하더라도 얼마 안 가 자신의 선택을 후회하고 한탄할 것이라는 것을 제가 모를 것 같나요? 전 안답니다. 그래서 당신을 놓아 드리는 거예요. 예전의 당신을 아직도 진심으로 사랑하고 있기 때문에요."

스크루지가 무엇인가 말하려고 했지만 아가씨는 그를 외면한 채 말을 계속했다.

"어쩌면 이로 인해 당신이 마음 아파할지도 모르겠어요. 지난날의 추억을 생각하면 난 당신이 그래 주길 원해요. 하지만 당신은 얼마 안 가 이 모든 기억들을 모두 떨쳐 버릴 테지요. 아무 쓸모도 없는 꿈이었는데 마침 깨어나서 다행이라고 느낄 거예요. 당신이 선택한 삶 속에서 부디 행복하길 빌게요."

아가씨가 일어나 스크루지의 곁을 떠났다. 둘은 그렇게 헤어졌다.

이 모든 장면을 지켜보던 스크루지가 소리쳤다.

"유령님, 제발, 더 이상은 보여 주지 마십시오! 이제 그만 집으로 데려가 주세요. 저를 괴롭히는 게 그렇게 즐거우십니까?"

"볼 게 하나 더 남아 있다."

"싫어요! 싫습니다요! 더 이상은 보고 싶지 않습니다! 제발 더 이상 보여 주지 마시라고요!"

하지만 무자비한 유령은 스크루지의 양팔을 움켜쥐고 억지로 다음 장면을 보게 했다.

스크루지와 유령은 어느새 다른 장소에 와 있었다. 크지도 화려하지도 않지만 안락해 보이는 방이었다. 벽난로 옆에 예쁜 소녀가 앉아 있었는데 조금 전의 아가씨와 어찌나 닮았는지 스크루지는 자기가 여전히 그 아가씨를 보고 있다고 착각했다. 하지만 곧이어 아름다운 안주인이 되어 딸 맞은편에 앉아 있는 그녀의 모습이 눈에 들어왔다. 방 안은 소란스럽기 그지없었다. 착잡한 심정의 스크루지로서는 일일이 셀 수도 없을 만큼 많은 아이들이 장난을 치고 있었다. 어느 시에 나오는 축복 받은 양 떼처럼 마흔 명이되 한 명처럼 구는 얌전한 아이들이 아니라 하나가 마흔 명처럼 소란을 피워 대는 장난꾸러기 아이들이었다. 당연히 방 안은 아수라장이었다. 하지만 아무도 개의하는 눈치가 아니었다. 아니, 엄마와 딸은 재미있어 죽겠다는 듯이 큰소리로 웃고 있었다. 곧이어 딸까지 놀이에 가담했다. 하지만 얼마 뒤에 어린 악동들에게 무자비하게 약탈당하고 말았다. 내 저 무리에 낄 수만 있다면 무엇을 아꼈겠는가! 하지만 나는 저렇게 무례하게 굴지는 못했으리라. 아니, 절대 그럴 수 없지! 천만금을 준다고 해도 저토록 단정히 땋아 늘인 머리를 헝클어뜨리지는 못했으리라. 내 목숨이 달려 있다고 해도 저 앙증맞은 구두를 저렇듯 마구 잡아 벗기지는 못했으리라. 내 어찌 감히 저 꼬마 악당들처럼 그녀의 허리를 꽉 껴안을 수 있겠는가. 그랬다가는 다시는 팔을 펴지 못하는 벌을 받게 될지도 모르는데. 하지만 고백하건대 내 얼마나 간절히 그녀의 입술에 입 맞추기를 바랐던가. 그녀에게 질문을 던져 그녀의 입술이 열리기를 바랐고 그녀를 당황하게 만드는 일 없이 얌전히 내리깐 속눈썹을 바라보고 싶었으며, 내게는 한 올조차 소중한 그녀의 물결치는 머리카락을 풀어 헤쳐 보고 싶어 하지 않았던가! 아아, 그렇다. 내 저 아이들처럼 자유로운 특권을 누리는 동시에 한 남자로서 그녀의 소중한 가치를 제대로 알았더라면 얼마나 좋았을까.

문 두드리는 소리가 들리자 아이들이 우르르 현관으로 몰려갔다. 소녀도 자기를 둘러싸고 있던 아이들에게 떠밀려 문 앞에 가 섰다. 그러고는 크리스마스 선물을 잔뜩 짊어진 남자를 데리고 집 안으로 들어오는 아버지를 반갑게 맞이했다. 소녀는 드레스가 구김투성이가 되어버렸는데도 여전히 웃는 낯이었다. 아이들은 무방비 상태로 서 있는 짐꾼에게 잡아먹을 듯한 기세로 달려들었다. 의자를 사다리 삼아 올라가 짐꾼의 주머니를 뒤지는가 하면 짐꾼이 들고 있던 갈색 꾸러미를 빼앗고 넥타이를 움켜쥐고 목에 매달리고 등을 때리고 너무 신이 나서 다리를 걷어차기까지 했다. 포장된 선물 꾸러미를 하나씩 풀어볼 때마다 아이들 입에서는 기쁨의 탄성이 흘러나왔다. 갑자기 걱정거리가 하나 생겼다. 아기가 소꿉놀이용 프라이팬을 입 안에 집어넣으려고 해서 간신히 빼앗았는데 아무래도 나무 접시에 붙어 있던 칠면조 장식은 벌써 삼켜 버린 것 같다는 것이다. 하지만 얼마 뒤에 칠면조 장식이 거실 한구석에서 나오자 다들 안도의 한숨을 내쉬었다. 기쁨과 감사와 황홀함이 한데 어우러진 저녁이었다. 흥분했던 아이들이 하나둘씩 거실을 떠나 위층 침실로 올라가자 집 안은 다시 고요함을 되찾았다.

스크루지는 이 집의 가장이 아내와 딸을 데리고 오붓이 벽난로 앞에 가 앉자 그 어느 때보다 눈여겨 이들을 살펴보았다. 딸은 아버지의 어깨에 다정하게 몸을 기대고 있었다. 저렇게 아름답고 앞날이 창창한 소녀가 자신을 아버지라고 불렀을지도 모르는데, 그랬다면 혹독한 겨울날 같은 자기 인생이 봄날처럼 따스했을지도 모르는

데, 스크루지의 눈앞이 어느새 뿌옇게 흐려져 있었다.

남편이 미소 띤 얼굴로 아내에게 말을 걸었다.

"여보, 오늘 오후에 당신의 옛 친구를 보았다오."

"누구를 말하는 거예요?"

"알아맞혀 보구려."

"내가 그걸 어떻게 알아요? 아, 잠깐, 알 것 같아요."

아내가 얼른 말을 고치며 남편을 따라 웃었다.

"스크루지 씨를 말하는 거죠?"

"그렇다오. 그 사람 사무실을 지나쳤는데 마침 창문이 열려 있더군. 촛불을 켜 놓고 앉아서 일하고 있는 모습이 보였소. 동업자가 죽어 가고 있다더니 정말 혼자앉아 있더군. 그 사람, 이제 완전히 세상에 홀로 남은 것 같아."

"유령님, 저를 여기서 나가게 해 주십시오."

스크루지가 비통한 목소리로 말했다.

"내가 너에게 말하지 않았느냐? 이건 모두 과거의 환영일 뿐이라고. 있었던 일 그대로를 보여주는 것뿐이니 나를 원망해도 소용없다."

"제발 저를 데리고 여기서 나가 달란 말입니다. 전 더 이상 견딜 수가 없어요."

스크루지가 소리쳤다.

스크루지가 유령 쪽으로 고개를 돌렸다. 스크루지를

바라보고 있던 유령의 얼굴 위로 지금까지 스크루지가 보아 온 사람들의 얼굴들이 어지럽게 돌고 있었다. 스크루지는 더 이상 참지 못하고 유령에게 달려들었다.

"날 놔줘! 돌려보내 달란 말이야. 제발 날 더는 쫓아다니지 말란 말이야!"

이것을 과연 싸움이라고 해도 좋을지 모르겠지만 어쨌든 이 싸움에서 유령은 자신의 보이지 않는 힘으로 상대의 공격을 끄떡없이 막아 냈다. 유령의 정수리에서는 그 어느 때보다 더 환하고 강한 빛이 뿜어져 나오고 있었다. 순간 스크루지는 자신을 휘두르는 유령의 위력이 혹시 그 빛과 관련이 있는 게 아닐까 하는 생각이 어렴풋이 들었다. 스크루지는 유령의 고깔모자를 낚아챘다. 그리고 재빨리 유령의 머리 위에 모자를 덮어씌웠다.

유령이 스르르 오그라들면서 모자 속으로 완전히 사라져 버렸다. 스크루지는 있는 힘껏 모자를 짓눌렀다. 하지만 틈새로 흘러나와 바닥 위로 퍼지는 빛을 완전히 가려 버릴 수는 없었다.

기진맥진한 스크루지에게 졸음이 쏟아졌다. 스크루지는 어느새 자신의 침실에 돌아와 있었다. 마지막으로 한 번 더 유령의 고깔모자를 짓누르려고 했던 손의 힘을 풀고 침대에 엎어지면서 잠에 빠져 들고 말았다.

제3부

두 번째 유령

방이 떠나가도록 코를 골다가 잠이 깬 스크루지가 침대에 일어나 앉았다. 생각을 정리해볼 셈이었다. 이제 곧 1시가 울릴 것이라는 사실은 누가 굳이 알려 주지 않아도 잘 알고 있었다. 제이콥 말리가 주선한 두 번째 유령과의 만남을 위해 마침 제시간에 잘 일어났다는 생각이 들었다. 하지만 그 낯선 유령이 이번에는 어느 쪽 침대 커튼을 열어젖힐까 생각하니 등골이 오싹해졌다. 스크루지는 커튼을 죄다 밀어젖혔다. 그러고는 다시 침대에 누워 정신을 바짝 차리고 사방을 주시했다. 이번에는 유령이 나타나는 순간에 당당하고 싶었다. 놀라서 쩔쩔매는 모습은 보이고 싶지 않았다.

소위 화통하고 소탈한 신사들은 자신에게 익숙한 한두 가지 수단을 가지고 우쭐대며, 동전 던지기든 상대를 무찔러 죽이는 일이든 어느 것도 문제없다고 허풍을 떨어댄다. 하지만 생각해 보라. 전혀 다른 이 두 가지 양극 사이에는 무수히 많은 여러 가지 가능성이 존재하지 않는가? 스크루지는 그런 허풍쟁이가 아니었다. 그리고 이제 웬만한 것쯤에는 더 이상 놀라지 않을 마음의 준비가 되어 있었다. 갓난아기와 코뿔소 사이에 존재하는 그 어떤 것이 나타나도 스크루지를 놀라게 할 수는 없었다.

이토록 만반의 준비를 했는데 아뿔싸, 미처 생각하지 못한 것이 있었다. 정작 아무것도 나타나지 않으면 어떻게 할 것인지에 대해서는 대책을 세우지 않은 것이다. 그래서 교회의 종소리가 1시를 울렸음에도 아무것도 나타나지 않자 스크루지는 온몸을 덜덜 떨기 시작했다. 5분, 10분, 15분이 지났건만 유령은 나타나지 않았다. 하지만 스크루지가 불안한 마음으로 누워 있는 동안 불그스레한 램프 불빛의 가운데 부분이 침대를 비추었다. 시계가 1시를 알린 정확히 그 시간부터였다. 한낱 불빛에 불과했지만 그 빛이 무엇을 뜻하는 것인지 또 어떻게 변할 것인지 전혀 알 길이 없는 스크루지로서는 열두 명의 유령이 한꺼번에 나타나는 것보다 그 빛 한 줄기가 더 무서웠다. 심지어 금방이라도 불길에 휩싸여 영문도 모르는 채 타 죽어 버리는 것은 아닌가 싶어 안절부절못했다. 물론

나나 여러분 같았으면 스크루지처럼 무턱대고 당황할 것이 아니라 대체 어디서 빛이 나오는지 차근차근 따져 보았을 것이다. 하긴 자기가 직접 궁지에 몰리지 않았을 때는 문제를 해결할 수 있는 묘안이 더 잘 떠오를 수 있는 법이니까. 어쨌든 결국에 가서는 스크루지도 마음을 가라앉히고 차근차근 따져 보기 시작했다. 마침내 스크루지는 그 의문의 빛이 어쩌면 옆방에서 새어 나오고 있는 것인지도 모른다고 생각했다. 우리라면 처음부터 그 빛이 옆방에서 새어 나오고 있다는 것을 알아보았을 텐데 말이다. 스크루지는 침대에서 가만히 일어나 슬리퍼를 질질 끌며 문 쪽으로 갔다.

스크루지가 손잡이를 잡기도 전에 이상한 목소리가 그의 이름을 부르며 안으로 들어오라고 했다. 스크루지는 고분고분 시키는 대로 했다.

분명 스크루지 자신의 거실이었다. 의심의 여지가 없었다. 하지만 방은 놀랍게도 변해 있었다. 천장과 벽에는 식물들이 치렁치렁 늘어져 있어 마치 숲속에 들어온 것만 같았다. 가지마다 윤기 나는 열매들이 매달려 반짝거리고 있었고 그 빛들은 온 방 안에 작은 거울처럼 흩어져 있는 호랑가시나무, 겨우살이나무 그리고 담쟁이덩굴의 싱싱한 나뭇잎들에 반사되어 다시 사방으로 퍼져 나가고 있었다. 그동안 영 시원치 않다고 여겨지던 벽난로에서는 강한 불길이 여보라는 듯이 활활 타오르고 있었다. 그런 불길은 스크루지가 이 집으로 이사 온 이후에는 말할 것도 없거니와 말리가 살아 있을 적에도 아니, 그 이전의 어떤 겨울에도 본 적이 없었다. 방바닥에는 칠면조, 거위, 사냥해 온 날짐승, 닭, 삶아서 소금에 절인 돼지고기, 큼직한 햄, 통돼지 구이, 동그랗게 꼬아 놓은 긴 소시지, 다진 고기 파이, 플럼 푸딩, 굴, 군밤, 새빨간 사과, 즙이 많은 오렌지, 잘 익은 배, 엄청나게 큰 주현절 축하케이크 등이 왕좌처럼 높이 쌓여 있었다. 김이 모락모락 나오는 펀치에서 퍼져 나오는 달콤한 향기가 방 안에 진동했다. 쾌활해 보이는 거인이 소파에 아주 편안한 자세로 앉아 있었다. 모든 것이 화려하기 짝이 없었다. 스크루지가 문틈으로 방 안을 빠끔히 들여다보자 거인이 손에 들고 있던 횃불을 높이 쳐들어 스크루지를 비추었다. 횃불의 모습이 꼭 그리스 신화에 나오는 풍요의 뿔을 연상시켰다.

"들어와! 들어오라고! 어서 들어와서 날 더 자세히 보도록 해!"

유령이 소리쳤다.

스크루지는 멈칫멈칫 안으로 들어가 유령 앞에서 머리를 조아렸다. 이제 스크루지는 더 이상 예전의 고집 센 스크루지가 아니었다. 유령의 눈은 맑고 친절해 보였지만 스크루지는 시선을 마주치고 싶지 않았다.

"나는 현재 크리스마스의 유령이야. 날 좀 보라고!"

유령이 말했다.

스크루지는 고분고분하게 유령이 시키는 대로 했다. 유령은 하얀 털로 가장자리를 두른 가운인지 외투인지 알 수 없는 긴 초록색 망토를 걸치고 있었다. 어찌나 헐렁하게 걸쳤던지 넓은 가슴팍이 훤히 드러나 보였다. 가슴을 가리는 것이 오히려 창피한 일이라도 되는 것처럼 보였다. 주름진 옷자락 아래로 드러난 발도 맨발이었다. 머리에는 호랑가시나무 가지로 만든 화관을 쓰고 있었는데 화관에 달린 고드름들이 여기저기서 반짝였다. 긴 갈색 곱슬머리는 어깨 위로 아무렇게나 흘러내려와 있었다. 상냥한 얼굴, 빛나는 눈동자, 쫙 편 손바닥, 활기찬 목소리, 거침없는 태도, 쾌활한 분위기, 그 모든 것들이 한데 어우러져 있었다. 허리에는 오래 되어 잔뜩 녹슨 칼집을 차고 있었는데 칼은 들어 있지 않았다.

"나처럼 생긴 유령은 한 번도 본 적이 없을 테지?"

유령이 물었다.

"예, 한 번도요"

"우리 식구들 중에 젊은 축에 속하는 이들과 만난 적

이 없던가? 최근에 세상을 방문했던 내 형님들 말일세. 사실은 나도 아주 젊은 편이거든."

"글쎄요, 없는 것 같은데요. 형제분이 많으신가요?"

"1,800명이 넘지."

"먹여 살리려면 꽤나 힘들겠군."

스크루지가 중얼거렸다.

현재 크리스마스 유령이 자리에서 일어났다.

스크루지가 뜨끔해서 무릎을 꿇었다.

"유령님, 가시는 곳으로 저를 인도해 주십시오. 어젯밤에는 울며 겨자 먹기로 끌려 다녔지만 그래도 지금 생각해 보니 거기서 배운 게 있답니다. 유령님께서 오늘 밤 제게 무엇인가를 보여 주실 양이면 부디 제가 그것에서 가르침을 얻도록 해주십시오."

스크루지가 공손하게 말했다.

"내 옷자락을 잡도록 해."

스크루지는 유령의 옷자락을 꽉 잡았다.

호랑가시나무, 겨우살이나무, 빨간 열매, 담쟁이덩굴, 칠면조, 거위, 날짐승, 닭, 삶은 돼지고기, 햄, 통돼지 구이, 소시지, 굴, 다진 고기 파이, 푸딩, 과일, 펀치 할 것 없이 모두가 순식간에 모두 사라져 버렸다. 방과 훨훨 타오르고 있던 벽난로의 불길도 사라졌고 시간도 이제는 밤이 아니었다. 대신 유령과 스크루지는 크리스마스 날 오전의 시내 거리에 서 있었다. 날씨는 살을 에듯 추웠고 사람들은 집 앞이나 지붕 위에 얼어붙은 눈을 긁어내느라 분주했다. 눈 긁는 소리는 시끄럽기는커녕 흥겹기만 했다. 지켜보는 아이들은 눈 덩어리가 떨어지면서 조그만 눈보라를 일으킬 때마다 신이 나서 함성을 질렀다.

문과 창문들은 지붕과 길거리를 덮고 있는 하얀 눈 때문에 평소보다 더 칙칙하고 어두워 보였다. 짐수레나 마차들의 무거운 바퀴가 마지막으로 하얗게 남아 있던 눈 위에 깊은 바큇자국을 새기며 지나갔다. 큰 길이 갈라지는 곳에는 수없이 많은 자국들이 뒤얽혀 있었고 그곳에 쌓여 있던 눈들은 누런 진창으로 변해 바큇자국이 만들어 낸 얽히고설킨 수로에 고여 있었다. 하늘은 잔뜩 찌푸렸고 가장 짧은 골목길조차 반쯤 얼어붙은 짙은 안개 때문에 그 끝이 보이지 않았다. 안개는 영국의 모든 굴뚝에서 동시에 재를 뿜어 대기나 하는 것처럼 수없이 흩날리는 검댕이 가루와 범벅이 되어 마구 아래로 떨어졌다. 날씨나 도시나 그다지 즐거울 것이 없음에도 사방에는 흥이 넘쳐났다. 눈부신 햇살이 비치는 맑은 여름날에도 느끼기 힘든 활기였다.

지붕에서 눈을 털어내는 사람들은 흥겨움과 기쁨에

넘쳐 보였다. 그들은 난간에 기대어 서로의 이름을 큰 소리로 부르기도 하고 가끔 장난 삼아 눈뭉치를 던지기도 했다. 던진 눈 뭉치가 상대를 맞히면 배꼽을 잡고 웃어댔다. 설사 상대를 맞히지 못 해도 큰 소리로 웃기는 마찬가지였다. 닭이나 칠면조를 파는 푸줏간은 아직 반쯤 열려 있었고 과일 가게들에 진열된 과일들은 저마다 화려한 모습을 자랑하고 있었다. 문가에는 알밤이 가득 담긴 바구니가 기대어져 있었다. 양복 조끼를 입은 기분 좋은 배불뚝이 신사의 배처럼 둥글고 불룩한 바구니 안에 수북이 담긴 밤들이 통통한 몸을 튕기며 이따금 길가로 굴러 떨어졌다. 알이 굵고 붉은 스페인산 양파는 꼭 스페인 수도사들처럼 번들거렸다. 양파들은 진열대 한곳에 자리 잡고 앉아, 천장에 걸어놓은 겨우살이나무 가지를 얌전히 올려다보고 있는 아가씨들을 향해 엉큼한 윙크를 해댔다. 사과와 배들은 전성기의 피라미드처럼 높이 쌓여 있고 탐스러운 포도송이들은 지나가는 사람들이 보고 군침이라도 흘리라고 주인이 선심을 쓴 탓에 행인들 눈에 가장 잘 띄는 곳에 주렁주렁 걸려 있었다. 이끼 낀 갈색 개암의 향기를 맡고 있노라면 발목이 잠길 정도로 수북이 쌓인 낙엽 사이를 바스락거리며 거닐던 지난날의 추억이 떠올랐다. 크고 검붉은 노퍽산 사과는 노란 오렌지와 레몬 사이에서 유난히 눈에 띄었는데 마치 "어서 나를 봉투에 담아 집으로 데리고 가서 후식으로 먹어 주세요." 하고 부탁하는 것 같았다. 평소에는 굼뜨고 아둔하던 금붕어, 은붕어조차도 특별히 엄선된 과일들을 보고는 오늘이 특별한 날이란 것을 눈치 챘는지 아가미를 연신 빼끔거리며 작은 어항 안을 뱅뱅 돌았다.

아, 그리고 향료 가게! 향료 가게를 잊을 뻔했다. 향료 가게는 문을 거의 닫으려는 찰나였다. 벌써 창의 덧문이 한두 개쯤 닫혀 있었다. 하지만 덧문 틈새로 들여다본 그 멋진 광경이란! 수평 저울의 접시가 판매대에 부딪힐 때마다 흥겨운 소리가 울려 퍼졌다. 노끈이 쉴 새 없이 롤러에서 주르륵주르륵 풀리고 향료를 넣어 둔 양철 상자들은 마술사가 마술을 부리거나 하는 것처럼 진열장 위아래를 바쁘게 오르내렸다. 차와 커피향이 한데 어우러져 코끝에서 감돌았고 최상품 건포도가 전례 없이 소복이 쌓여 있었다. 아몬드의 속살은 새하얗고 계피 줄기는 길고 곧았다. 그 밖의 향신료들도 어찌나 향이 좋던지, 설탕에 절인 과일엔 찐득찐득 녹인 설탕물을 얼마나 듬뿍 묻혀 놓았던지 아무리 시큰둥한 구경꾼일지라도 정신이 아찔해지고 배가 아플 정도였다. 무화과는 즙이 많고 살이 연했으며 시큼한 프랑스산 자두는 화려하게 장식해 놓은 상자에 담겨 수줍은 듯 얼굴을 붉히고 있었다. 무엇 하나 먹음직스러워 보이지 않는 것이 없었고 크리스마스 분위기에 어울리지 않는 것이 없었다. 손님들 역시 크리스마스 기분에 들떠 있기는 마찬가지였다. 서둘러 가게를 나가는 사람들과 가게에 들어오려는 사람들이 손에 들고 있던 등바구니를 서로 부딪쳤다. 산 물건을 깜빡 잊고 계산대에 두고 갔다가 숨 가쁘게 되돌아오는 일도 허다했다. 하지만 그런 자잘한 실수를 수도 없이 저지르면서도 다들 번번이 기분 좋게 웃어 넘겼다. 정성껏 손님을 맞는 향료 가게의 주인과 점원들은 다들 산뜻한 차림이었다. 이들이 두른 앞치마를 뒤에서 고정하고 있는 하트 모양의 금속 단추는 어찌나 윤기 있게 잘 닦여 있던지 자기들의 진짜 심장을 꺼내 달아 놓은 것 같았다. 누구든 자기들 심장을 마음껏 구경할 수 있도록, 혹은 크리스마스를 맞아 까마귀들이 심장을 쪼아 먹을 수 있도록 말이다.

하지만 얼마 안 있어 사람들을 교회와 예배당으로 불러 모으는 종소리가 들리자 거리는 온통 잘 차려입은 사람들로 가득 찼다. 동시에 자신들이 저녁에 먹을 요리를 들고 빵집으로 향하는 사람들이 이 골목 저 골목에서 쏟아져 나왔다. 집에 오븐 하나 없어 빵집에서 빵을 구워

오는 이 가난한 미식가들의 모습이 유령의 관심을 유난히 끄는 듯했다. 유령은 스크루지를 옆에 세워둔 채 빵집 입구에 서서 음식을 가지고 오는 사람들이 지나갈 때마다 뚜껑을 열고 그 안에다 자신이 들고 있던 횃불 뚜껑을 열고 그 안에 있는 향료를 뿌려 주었다. 아주 특별한 횃불임에 틀림없었다. 그도 그럴 것이 먹을 것을 들고 빵집으로 들어오던 사람들 중에 서로 밀치다가 말다툼이 붙은 경우가 한두 번 있었다. 그런데 유령이 횃불에서 나오는 물을 그들 머리 위에 몇 방울 뿌리자 언제 그랬냐는 듯이 즐거운 기분을 되찾았다. 그러면서 하는 말이 "크리스마스에 싸우는 것은 부끄러운 짓이지. 맞아! 하나님도 유쾌하게 지내기를 바라실 거야! 그럼, 그렇고말고."라고 중얼거렸다.

종소리가 그칠 즈음 빵집들은 문을 닫았다. 하지만 동네 사람들이 먹을 음식이 잘 구워졌다는 사실은 훈훈해진 빵집 오븐 위로 녹아내린 얼룩덜룩한 자국들을 보고 알 수 있었다. 화덕에 깔아놓은 자갈들마저 함께 구워진 것처럼 김이 모락모락 피어올랐다.

"유령님이 뿌리는 횃불에서 나오는 물에 뭐 특별한 향료라도 들어 있나요?"

스크루지가 물었다.

"물론이지, 나만의 특별한 향료야."

"오늘 저녁에 먹는 아무 음식에나 넣어도 다 잘 어울리는 향료인가 보지요?"

"정성껏 마련된 음식에는 더 잘 어울리지. 특히 가난한 사람들의 음식에는."

"왜 가난한 사람들의 음식에는 더 잘 어울리지요?"

"그거야 가난한 사람들의 음식에 가장 필요한 것이니까."

스크루지는 잠시 생각하더니 다시 입을 열었다.

"유령님, 인간을 둘러싼 수많은 세계의 무수한 존재들 가운데서 하필이면 왜 유령님이 저 사람들의 기회를 빼앗으려 하시는지 모르겠습니다. 저 사람들이 순수한 기쁨을 맛볼 수 있는 기회 말입니다."

"내가?"

유령이 외쳤다.

"유령님은 매주 이레째 되는 날 저들이 따뜻한 식사 한 끼를 준비할 수 있는 기회를 앗아 가시지 않습니까? 저 사람들한테는 그날이 일주일 중에 유일하게 음식다운 음식을 만들어 먹을 수 있는 날일 텐데요."

"내가?"

"일요일마다 빵집을 비롯해서 모든 가게가 문을 닫기

를 바라시지 않던가요? 그러니 그게 그 말이지요."

"내가?"

"제가 틀렸다면 용서하세요. 하지만 주일에 가게 문을 닫는 것은 유령님의 이름으로 지켜져 왔습니다. 유령님 본인이 아니라면 적어도 식구들 중 한 분일 테죠."

유령이 따지고 들었다.

"너희 인간들 중에는 우리를 잘 안다고 주장하면서 우리 이름으로 자기들의 욕망과 자만, 악의와 증오, 질투와 맹신, 그리고 이기적 행동을 범하는 자들이 있지. 하지만 그런 사람들은 우리 형제는 물론 우리 일가친척들과는 아무 상관도 없는 사람들이야. 우리는 그런 녀석들이 과연 세상에 살았는지조차 모른단 말이야. 그러니 그들이 한 짓에 대해서는 그들을 꾸짖도록 해라. 우리에게 그 비난을 돌리지 말란 말이다."

스크루지는 그러겠노라고 약속했다. 둘은 지금까지처럼 다른 사람들 눈에 보이지 않는 모습으로 도시 근교의 한 마을로 갔다. 스크루지가 이미 빵집에서도 눈치 챈 사실이지만 유령의 특기 중 하나는 그 큰 몸집에도 어느 곳이든 쉽게 잘 들어간다는 것이었다. 초자연적인 존재답게 야트막한 처마 밑에서도 천장이 높은 현관에 딱 버티고 있는 것처럼 기품 있는 자세로 서 있을 수 있었다.

이런 능력을 과시하는 것이 취미인지 아니면 가난한 사람들에게 진심에서 우러나오는 친절과 너그러움을 베푸는 것이 천성인 탓인지 그 이유는 모르겠으나 어쨌든 유령은 자기의 옷자락을 꼭 붙들고 있는 스크루지를 데리고 스크루지의 사무실에서 일하는 서기의 집으로 향했다. 그 집 문지방에 서자 유령은 빙그레 웃으며 횃불의 물을 뿌려 크래칫의 가정을 축복해 주었다. 생각해 보라! 밥의 일주일 수입은 고작 15실링, 그러니까 토요일마다 주머니에 겨우 열다섯 개의 제 이름을 집어넣는 그런 가난뱅이의 방 네 칸짜리 집에마저도 현재 크리스마스 유령은 축복을 내린 것이다.

크래칫 부인은 벌써 두 번씩이나 안팎으로 뒤집어 입은 낡은 드레스에 싸구려 리본을 달아 멋을 낸 드레스를 입고 서 있었다. 6펜스짜리 리본치고는 그럭저럭 괜찮아 보였다. 크래칫 부인은 둘째 딸 벨린다와 함께 식탁보를 깔고 있었다. 벨린다의 옷에도 리본이 달려 있었다.

집안의 장남 피터 크래칫은 포크를 손에 들고 냄비의 감자가 얼마나 익었는지 찔러 보고 있는 중이었다. 엄청나게 높이 솟은 뻣뻣한 셔츠 깃이 피터의 입을 찔러 댔지만, 이제 갓 물려받은 셔츠를 입은 자신의 멋진 모습에 한껏 우쭐해진 터라 얼른 멋쟁이들이 산책하러 나오는 공원으로 달려가 자신의 모습을 자랑하고 싶었다. 그 때 크래칫네 어린 남매 둘이 뛰어 들어오더니 빵집에서 거위 굽는 냄새가 난다고 소리를 지르며 좋아했다. 둘 다 그 거위가 자기네 것이라는 사실을 알고 있는 듯 싶었다. 거위 뱃속에 채워 넣은 세이지와 양파를 먹게 된다는 사실에 크래칫네 어린 딸과 아들은 정말 기뻐하면서 식탁을 빙빙 돌며 춤을 추었고 피터를 하늘 끝까지 치켜세웠다. 한편 피터는 셔츠의 깃이 아무리 목을 조여 와도 감자 끓는 물이 부글부글 끓어올라 냄비 뚜껑을 시끄럽게 두들겨 대며 어서 감자를 꺼내 껍질을 벗겨 달라고 아우성을 칠 때까지 끈기 있게 화덕의 불을 후후 불어댔다.

크래칫 부인이 말했다.

"대체 너희들 아빠는 어디 계신다니? 꼬맹이 팀은 또 어떻고? 마사도 작년 크리스마스 때는 30분 전에 벌써 와 있더니 오늘은 어떻게 된 건지 모르겠네."

말이 떨어지기가 무섭게 소녀 한 명이 문을 열고 들어왔다.

"엄마, 저 왔어요!"

"누나다!"

"엄마, 마사 언니가 왔어요!"

꼬마 남매가 소리를 질렀다.

"누나! 우리 거위가 얼마나 큰 줄 알아!"

"아이고, 우리 큰딸 왔구나! 대체 왜 이리 늦은 게냐?"

크래칫 부인이 딸의 뺨에 열두 번쯤 입을 맞추며 숄과 모자를 벗겨 주느라 부산을 떨었다.

"어제 밤늦게까지 일했거든요. 아침에 마저 정리하고 오느라고 늦었어요."

"됐다, 이렇게 왔으면 된 거야. 어서 불가에 앉아서 몸 좀 녹여라. 아이고, 내 새끼."

동에서 번쩍, 서에서 번쩍하는 꼬마 남매가 또다시 크게 소리를 질러 댔다.

"안 돼, 안 돼! 저기 아빠가 오신단 말이에요! 마사 누나! 얼른 숨어!"

"어서 숨어, 언니. 어서 숨으라고!"

마사가 동생들의 말대로 몸을 막 숨기자 왜소한 몸집의 밥이 집 안으로 들어섰다. 목에 두른 목도리는 끝에 매달린 술 장식을 빼더라도 족히 1미터쯤 앞으로 축 늘어져 있었다. 닳아서 솔기가 터진 양복은 명절을 맞아 잘 기워져 있었고 솔질까지 한 흔적이 보였다. 꼬맹이 팀은 밥의 어깨에 무등을 타고 들어왔다. 아, 가엾은 팀! 꼬맹이 팀의 손에는 작은 목발이 들려 있었고 다리에는 보철이 채워져 있었다.

"우리 마사는 어디 있지?"

밥 크래칫이 집 안을 두리번거리며 물었다.

"못 온대요."

크래칫 부인이 말했다.

"못 온다고? 크리스마스인데 못 온단 말이야?"

되묻는 밥의 얼굴에서 금세 기쁨이 사라져 버렸다. 팀을 무등 태우고 교회에서 집까지 한걸음에 달려왔는데, 팀의 경주마가 되어 그토록 씩씩하게 달려왔는데 마사가 못 온다니!

마사는 아무리 장난이라도 아빠가 실망하는 모습을 더는 보고 있을 수 없었다. 그래서 얼른 옷장 뒤에서 뛰어나와 아빠의 품에 안겼다. 그 사이 꼬마 남매들은 꼬맹이 팀을 밀치락달치락하며 세탁실로 데리고 갔다. 가마솥 안에서 끓고 있는 플럼 푸딩의 노랫소리를 팀에게 들려주고 싶었던 것이다.

어쩌면 그렇게 쉽게 속아 넘어갔느냐며 남편을 놀려대던 크래칫 부인이 물었다.

"팀은 어땠어요?"

기쁜 마음으로 딸을 꼭 껴안고 있던 밥이 부인을 돌아보며 말했다.

"정말 기특했다오. 아니 그보다 더 대견했지. 늘 혼자 지내다 보니 생각이 깊어지는가 봐요. 왜 가끔 엉뚱한 말을 해서 우리를 깜짝깜짝 놀라게 하지 않았소? 오늘은 집에 오는데 글쎄 이러는 거요. 교회에 왔던 사람들이 모두 자기를 보았기를 바란다고. 사람들이 크리스마스 날 절름발이인 자기를 보면 앉은뱅이를 걷게 하고 장님을 눈 뜨게 한 예수를 생각할 테니 그처럼 좋은 일이 어디 있겠느냐고 말이야."

집에 오는 길에 있었던 이야기를 가족에게 들려주는 밥의 목소리가 떨렸다. 특히 꼬맹이 팀이 튼튼하고 올바른 사람으로 자랄 것이라고 덧붙이는 밥의 목소리는 더욱 떨렸다.

밥이 다른 이야기를 더 꺼내기도 전에 조그만 목발 소리가 콩콩 울리더니 꼬맹이 팀이 방으로 들어왔다. 팀은 형과 누나의 부축을 받아 벽난로 앞 자기 의자에 가 앉았다.

밥이 소매를 걷어붙이더니, 가엾은 사람 같으니라고! 어차피 소매에 더해질 구석이 남아 있는 것도 아니면서, 뜨거운 물이 담긴 주전자에 진과 레몬을 넣고 휘휘 저은 다음, 벽난로 시렁 위에 올려놓고 데우기 시작했다. 그 사이 피터는 어디든지 졸졸 쫓아다니는 동생 둘을 데리고 거위를 가지러 갔고 이내 의기양양한 모습으로 거위 요리를 들고 나타났다.

거위가 세상에서 가장 진귀한 새라도 되는 양 온 가족의 입에서 함성이 터져 나왔다. 거위의 기적에 비하면 검은 고니 따위는 흔히 볼 수 있는 날짐승처럼 여겨졌다. 하긴 크래칫 가족에게 거위 요리를 맛본다는 사실은 거의 기적에 가까웠다. 크래칫 부인이 작은 냄비에 미리 준비해 놓은 소스를 데웠다. 피터는 믿어지지 않을 만큼 기운차게 감자를 으깼고 벨린다는 사과 소스에 설탕을 쳤다. 마사는 음식이 빨리 식지 않도록 미리 데워 놓은 접시들을 행주로 다시 한 번 훔쳤고 밥은 꼬맹이 팀을 식탁 구석, 자신의 옆자리에 앉혔다. 꼬마 남매는 자기들이 앉을 의자는 물론이거니와 식구들이 앉을 의자들까지 모두 꼼꼼히 챙긴 다음 보초를 서듯 거위고기를 지켜보고 있었다. 행여 자기들 차례가 되기도 전에 거위고기를 달라고 성화를 부리지 않으려고 숟가락을 입에 물고 참는 기색이 역력했다. 마침내 식탁이 다 차려지고 감사의 기도가 끝났다. 크래칫 부인이 거위를 자르기 위해 천천히 칼을 들어 올렸다. 식탁에는 숨 막히는 정적이 감돌았다. 마침내 거위 가슴에 칼을 푹 찔러 넣자 그토록 고대하던 거위 배 속의 소가 주르르 흘러나왔다. 식탁 주위로 환희의 속삭임이 일렁였다. 심지어 꼬맹이 팀까지 남매들이 하는 것처럼 나이프 손잡이를 식탁에 두드려대며 가냘픈 목소리로나마 "야, 야!" 하고 소리를 질러 댔다.

이렇게 먹음직스러워 보이는 거위는 처음이었다. 밥은 거위가 이토록 맛있게 요리된 적은 한 번도 없는 것 같다고 말했다. 식구들은 저마다 거위의 연한 살과 고소한 향기와 엄청난 크기와 저렴한 가격에 대해 경탄해 마지않았다. 사과 소스와 으깬 감자까지 곁들여지니 성찬이 따로 없었다. 접시 위에 남은 작은 뼛조각을 보고 크래칫 부인이 흡족해한 것처럼 온 식구들이 배불리 먹고도 음식이 남았다. 특히 어린 크래칫 남매는 어찌나 정신없이 먹어댔던지 세이지와 양파가 눈썹에까지 붙어 있을 정도였다! 벨린다가 새 접시들을 식탁에 차리는 동안 크래칫 부인은 슬그머니 일어서더니 혼자 방을 빠져나갔다. 푸딩을 가져오기 위해서였다. 얼마나 떨었던지 푸딩을 꺼내 식탁으로 내오는 동안 누군가가 옆에 서서 지켜보는 것을 견딜 수 없었던 것이다.

푸딩이 제대로 익지 않았으면 어쩌나! 꺼내다가 부서뜨리기라도 하면 어쩌나! 다들 거위 요리에 정신이 팔려 있는 동안 누군가 뒷담을 넘어와 훔쳐간 건 아니겠지! 그렇다면 꼬마 남매의 얼굴이 새하얗게 질릴 텐데 등등 별의별 끔찍한 생각이 다 들었다.

와! 모락모락 피어오르는 김을 좀 보라고! 구리 냄비

에서 푸딩이 나왔다. 빨래하는 날 나는 냄새가 났다! 푸딩 틀에 덮었던 보에서 나는 냄새였다! 꼭 길가에 나란히 자리 잡은 빵집과 식당과 세탁소 앞을 지날 때 풍겨 오는 냄새 같았다. 그것이 푸딩의 냄새였다! 30초도 채 안 되어 크래칫 부인이 푸딩이 담긴 접시를 들고 방으로 들어왔다. 얼굴은 벌겋게 달아올라 있었지만 입에는 자랑스러운 미소를 머금고 있었다. 대포알처럼 단단해 보이는 알록달록한 푸딩 주위로 브랜디가 훨훨 타오르고 있었고 푸딩 위에는 크리스마스를 상징하는 호랑가시나무 가지가 꽂혀 있었다.

정말 멋진 푸딩이었다! 밥 크래칫이 사뭇 진지하게 말했다. 부인이 결혼해서 한 일 중 가장 성공적인 일이라고 말이다. 크래칫 부인은 이제야 한시름 덜었다며 사실 밀가루 양을 제대로 가늠했는지 몰라 가슴을 졸였노라고 고백했다. 다들 푸딩에 대해 한마디씩 했지만 그 많은 입들이 먹기에 푸딩이 너무 작다고 불평하는 아는 하나도 없었다. 누군가 그런 말을 했다면 식구들 사이에서 이교도 취급을 받았을 게 분명하다. 그런 생각을 마음속에 품는 것만으로도 크래칫 식구들은 얼굴을 붉히며 창피해했을 것이다.

마침내 식사가 끝나고 식탁을 치우자 식구들은 벽난

로 주위를 쓸고 불길을 돋우었다. 주전자에 미리 만들어 두었던 레몬주는 맛있게 데워져 있었다. 탁자 위에는 사과와 오렌지를 올려놓았고 불 위에는 밤을 한 삽 가득히 얹어 두었다. 밥은 식구들에게 벽난로 앞에 원처럼 둥글게 모여 앉자고 했다. 물론 불 앞에 반원으로 모여 앉자는 말이었다. 밥의 옆에는 이 집에 있는 유리잔들이 모두 나와 있었다. 물잔 두 개와 손잡이 없는 커스터드용 잔 한 개였다.

하지만 이 유리잔들은 어느 황금 술잔 못지않게 뜨거운 레몬주를 담아냈다. 밥은 밤들이 요란한 소리를 내며 구워지고 있는 동안 얼굴에 환한 웃음을 머금고 레몬주를 잔에 담아 돌렸다. 이윽고 밥이 잔을 들어 올리며 외쳤다.

"메리 크리스마스! 우리 가족에게 하나님의 가호가 늘 함께 하기를!"

온 식구들이 밥을 따라 외쳤다.

"우리 모두에게 하나님의 가호가 늘 함께 하기를!"

팀은 제 아빠에게 바싹 붙어 앉아 있었고 밥은 유난히 그 아이만을 사랑하는 듯, 누군가에게 빼앗길까 두려워 자기 곁에 꼭 붙들어 두고 싶은 듯 아이의 가녀린 작은 손을 꼭 움켜쥐고 있었다.

스크루지가 전에 느껴본 적이 없는 심정으로 유령에게 물었다.

"유령님, 저 아이가 살 수 있겠지요, 그렇지요?"

"초라한 벽난로 구석에 빈자리가 하나 보이는구나. 임자 없는 목발이 잘 닦여져 있다. 미래의 힘으로 이 환영을 바꾸지 않으면 저 애는 죽게 될 거야."

"안 돼요, 안 됩니다요! 친절하신 유령님, 제발 저 아이가 죽는 일이 없을 거라고 말씀해 주세요, 제발!"

스크루지가 소리쳤다.

"미래가 내 눈에 보이는 이 환영을 바꾸지 못한다면 우리 형제들 중 어느 누구도 저 아이를 구하지 못할 거야. 그래서 어떻다는 거지? 어차피 죽을 목숨이라면 죽는 편이 낫지. 남아도는 인구를 줄일 수도 있을 테고."

유령이 자기가 했던 말을 그대로 되풀이하자 스크루지는 후회와 슬픔으로 고개를 푹 숙였다. 유령이 말을 이었다.

"어리석은 인간. 네 심장이 돌로 만들어진 것이 아니라 피와 살로 만들어진 것이라면 인구가 남아돈다는 말이 무슨 뜻이고 대체 어디에 남아도는지 제대로 알지도 못하면서 그런 사악한 말을 해서는 안 되는 법이야. 사람의 생사를 감히 네가 결정하려 하느냐? 하나님이 보시기에는 저렇게 불쌍한 아이들 수만 명보다 너라는 인간이 훨씬 더 이 세상에서 살 가치가 없단 말이다. 나뭇잎 위에 편히 자리 잡은 곤충이 먼지 속에서 굶주리고 있는 형제들을 보며 쓸데없는 것들이 너무 많다고 불평하는 꼴이라니."

스크루지는 유령의 힐책을 듣자 벌벌 떨며 눈길을 아래로 떨어뜨렸다. 순간 자신의 이름을 부르는 소리가 들렸다. 놀란 스크루지가 다시 고개를 들었다. 밥이 외치는 소리였다.

"스크루지 영감님을 위해 건배! 우리 가족이 이렇게 멋진 식사를 할 수 있게 해 주신 스크루지 영감님의 건강을 위해!"

"멋진 식사를 할 수 있게 해주었다고? 흥! 그 영감, 내 눈앞에 있으면 좋겠네. 욕이나 실컷 먹여 주게. 그 영감 입맛에 맞았으면 좋겠네."

크래칫 부인이 빈정거렸다.

"여보! 애들 앞에서. 게다가 오늘은 크리스마스잖소"

"확실히 크리스마스는 크리스마스인가 보군요. 크리스마스가 되니 그 밉살스럽고 인정머리 없는 구두쇠 영감을 위해 건배를 하자는 거겠지요. 그 사람이 어떤지는 당신이 누구보다 잘 알잖아요. 가엾은 양반 같으니!"

"여보, 아이들이 들어. 오늘은 크리스마스요."

밥이 부드러운 목소리로 다독거렸다.

"당신을 위해서예요. 그리고 크리스마스니까 제가 양보하는 거예요. 절대 그 영감이 고와서가 아니라고요. 자, 그럼 스크루지 영감님의 장수를 위해! 즐거운 크리스마스와 새해를 맞이하시길! 뭐, 당연히 잘 먹고 잘 살 테지만!"

크래칫 부인이 잔을 들어 올리자 아이들도 따라서 스크루지를 위해 건배했다. 하지만 그들의 성의 없는 건배는 처음이었다. 꼬맹이 팀도 마지막으로 잔을 들어 올렸지만 무성의하기는 마찬가지였다. 크래칫 가족에게 스크루지라는 사람은 그렇게 무섭고 싫은 존재였던 것이다. 스크루지의 이름이 입에 오르내리자 즐겁던 분위기에 그림자가 드리워졌고 그 그림자가 사라지기까지는 꼬박 5분이나 걸렸다.

하지만 일단 어두운 그림자가 걷히자 할 일을 해치웠다는 안도감에 크래칫 가족은 이전보다 열 곱절은 더 즐겁고 행복해 보였다.

밥 크래칫은 피터를 위해 봐 둔 일자리가 있는데 일이 성사될 경우 주당 5실링 6펜스는 충분히 벌 수 있을 거라고 말했다. 어린 크래칫 남매는 피터가 가게에서 일하는 모습을 상상하며 자지러지게 웃어 댔다. 피터는 양쪽 높은 셔츠 깃 사이로 벽난로의 불길을 바라보며 돈을 그렇게 많이 벌게 되면 그것을 어디다 어떻게 저금하는 것이 좋을까 곰곰이 생각하는 눈치였다.

이번에는 숙녀용 모자 가게에서 견습생으로 일하는 마사가 자기가 무슨 일을 하는지, 얼마나 오랫동안 쉬지 않고 일해야 하는지를 설명하면서 내일은 공휴일이니 아침엔 마음껏 늦잠을 자고 싶다고 말했다. 그러면서 얼마 전 백작과 영주가 가게에 왔는데 영주의 키가 꼭 피터만 하더라는 말을 덧붙였다.

그 말에 피터가 셔츠를 얼마나 높이 추켜올리던지 설사 여러분이 그 자리에 있었어도 깃 속에 파묻힌 피터의 얼굴을 보지 못했을 것이다.

크래칫 가족이 이야기꽃을 피우는 동안 군밤과 레몬주가 끊임없이 이 사람 저 사람 사이를 오갔다. 꼬맹이 팀은 어린아이가 눈 속에서 길을 잃었다는 내용의 노래를 불렀다. 목소리는 가녀렸지만 정말 잘 불렀다.

사실 내로라할 만한 것은 하나도 없는 가난한 사람들의 모임이었다. 잘생긴 것도 아니고, 잘 차려입은 것도 아니었다. 신발에는 하나같이 구멍이 뚫려 비가 오는 날엔 어김없이 물이 새고 입은 옷가지들도 남루하기 짝이 없었다. 피터는 아마도, 아니 틀림없이 벌써 전당포 신세를 진 적이 있을 것이다. 그런데도 크래칫 가족은 행복해했고 감사했으며 서로에 대해 기뻐했고 함께 하는 시간을 만족하게 여겼다. 크래칫 가족의 모습은 점점 희미해지고 있었다. 하지만 유령이 떠나면서 횃불로 뿌려준 환한 빛 속에서 더욱 행복해 보였다. 스크루지는 그곳을 떠나면서도 차마 크래칫 가족에게서 쉽게 고개를 돌리지 못했다.

어느덧 날이 어두워져 있었고, 함박눈이 펑펑 내렸다. 스크루지가 유령과 함께 걷고 있는 동안 거리에 늘어선 집들의 부엌과 거실 그리고 갖가지 종류의 방에서 타오르는 불빛이 길가로 새어 나와 거리를 아름답게 수놓았다. 너울거리는 불빛 속에서 아늑한 저녁 식사를 준비하는 집이 눈에 띄었다. 접시들은 이제 곧 담길 음식을 기다리며 불 앞에서 뜨겁게 달궈지고 있었고 추위와 어둠을 언제라도 막을 수 있도록 창에는 검붉은 커튼이 드리워져 있었다. 어떤 집에서는 결혼해서 분가해 나간 형제자매들과 사촌들 그리고 삼촌과 숙모들에게 제일 먼저 인사하겠다고 앞다투어 눈 속으로 달려가는 아이들의 모습이 보였다. 다시 이편을 바라보니 커튼이 내려진 창문가에 삼삼오오 모여 서 있는 손님들의 그림자가 어른거렸다. 모자를 쓰고 털 장화를 신은 어여쁜 아가씨들이 조잘거리며 이웃집 총각한테 몰려가는 모습이 저쪽에서 눈에 띄었다. 아가씨들이 자기 집으로 한꺼번에 우르르 몰려오는 것을 보고 총각은 얼굴을 붉히며 어쩔 줄 몰라 했다. 여우 같은 아가씨들 같으니라고! 수줍은 총각이 어떻게 나올지 빤히 알고 있었으면서.

친지와 친구들을 만나기 위해 만나기 위해 길거리로 쏟아져 나온 사람들이 어찌나 많은지 이들을 맞이하기 위해 집에 남아 있는 사람은 한 사람도 없을 것 같았다. 하지만 웬걸, 집집마다 벽난로의 불길이 굴뚝의 허리만큼 치솟아 오를 정도로 집 안을 훈훈하게 덥혀 놓고는 손님을 기다리고 있는 중이었다. 이들을 축복하는 유령의 기분은 그야말로 날아갈 것 같았다! 유령은 길을 걷는 동안 넓은 가슴을 한껏 드러내고 전능한 손바닥을 쫙 펼쳐 든 채 자신의 손이 닿을 만한 곳에 있는 모든 것들을 아낌없이 축복했다! 크리스마스에 걸맞은 옷차림을 하고 어두운 거리의 가로등에 하나하나 불을 붙이며 걸어가고 있던 점등원마저 유령의 축복을 받자 큰 소리로 웃어 대기 시작했다. 사실 그날이 크리스마스라는 것만 알았지 누군가가 자신과 함께 있다는 사실은 상상도 못했을 것이다.

다음 행선지에 대한 별다른 언급도 듣지 못했는데 스크루지는 어느새 유령과 함께 황량하고 인적이 드문 황야에 서 있었다. 주위에 놓인 커다란 바윗덩이들은 마치 거인의 무덤 같았고, 물은 가고 싶은 곳으로 아무렇게나 흘러갔다. 아니, 얼음에 갇혀 있지만 않았다면 그렇게 했을 것이다. 이끼와 가시금작화, 무성한 잡초 말고는 아무것도 자라지 않는 곳이었다. 태양이 서쪽 하늘에 한 줄기 붉은 빛을 남기며 사라지고 있었다. 잠시나마 눈살을 찌푸리며 아래, 더 아래를 거친 바라보던 태양이 점점 깊숙이 가라앉더니 결국 칠흑처럼 어두운 밤 앞에 무릎을 꿇고 말았다.

"여기가 어딘가요?"

"대지의 창자에서 일하는 광부들이 사는 곳이다. 하지만 그들도 크리스마스를 세지. 자, 보아라."

둘은 창에서 불빛이 새어 나오는 오두막으로 향했다. 흙과 돌로 만들어진 벽을 통과하자 활활 타오르는 난롯가에 둘러앉아 흥겨운 시간을 보내고 있는 사람들의 무리가 눈에 들어왔다. 호호백발인 늙은, 아주 늙은 부부를 중심으로 그들의 자녀들, 그 자녀들의 자녀들 그리고 더 아랫대 자손들까지 모두 알록달록한 크리스마스에 어울리는 화려한 옷을 차려입고 한 자리에 모여 있었다. 노인은 불모지를 휩쓸고 지나가는 바람 소리에 묻혀 들릴까 말까 한 목소리로 자손들에게 크리스마스 캐럴을 불러 주고 있었다. 자기가 어렸을 때 불렀던 아주 오래된 노래였다. 이따금 노인을 따라 모두 합창을 하기도 했다. 아이들이 목청을 높이면 노인의 목소리도 덩달아 커졌고 아이들이 노래를 멈추면 노인의 목소리도 다시 잦아들었다.

유령은 그 집에 오래 머물지 않았다. 스크루지에게 자신의 옷자락을 꽉 잡으라고 이르고는 다시 황야 위를 날아갔다. 어디로 가는 걸까? 설마 바다는 아닐 테지? 아니 바다였다. 스크루지가 놀라서 뒤를 돌아보니 깎아지른 듯한 절벽이 병풍처럼 이어진 육지의 끄트머리가 서서히 멀어지고 있었다. 천둥처럼 으르렁거리는 파도 소리에 귀가 멍해졌다. 파도는 자신들이 깎아 놓은 무시무시한 동굴 속에서 울부짖으며 당장이라도 육지를 집어삼킬 것처럼 맹렬하게 몰아쳤다.

해안에서 5킬로미터 남짓 떨어진 곳에 등대가 하나 서 있었다. 등대가 서 있는 암초는 1년 내내 사납게 부딪치는 파도 때문에 움푹 깎여 있었다. 등대 아랫부분에는 해초가 무더기로 들러붙어 있었고 갈매기들은 사납게 달려드는 파도를 아슬아슬하게 피해 날아오르고 있었다.

심지어 이런 외진 곳에서조차 사나운 바다 위에 성스

럽게 비치는 빛이 있었다. 등대지기 두 명이 피워 놓은 불이 등대의 두터운 돌 벽에 뚫린 조그만 창을 통해 새어 나오고 있었다. 두 사내는 표면이 거칠거칠한 탁자 위로 굳은살이 박힌 억센 손을 내밀어 서로에게 즐거운 크리스마스가 되기를 바란다는 인사를 건넸다. 탁자 위에는 양철통에 담긴 그로그주가 마련되어 있었다. 두 사람 중 나이가 더 들어 보이는 이가 바람의 울음소리처럼 들리는 구슬픈 뱃노래를 부르기 시작했다. 모진 날씨에 생채기투성이가 되어 버린 그의 얼굴은 낡은 뱃머리에 달린 조각처럼 보였다.

유령은 다시 요동치는 검푸른 바다 위를 다시 빠르게 날아 해안에서 아주 멀리 떨어진 어떤 배 위로 스크루지를 데리고 갔다. 그들은 타륜을 잡은 키잡이, 뱃머리에서 망을 보고 있는 선원, 보초를 서고 있는 장교 등의 곁을 차례차례 지나갔다. 다들 시커먼 장대처럼 자신의 자리를 묵묵히 지키며 서 있었다. 하지만 저마다 크리스마스 캐럴을 조용히 중얼거리거나 고향에 대한 향수를 실어 옆 자리에 있는 동료에게 지나간 크리스마스에 대한 이야기를 소곤소곤 들려주고 있었다. 오늘 하루, 이 배에 타고 있는 모든 사람들, 지금 깨어 있든 잠들어 있든, 좋은 사람이든 나쁜 사람이든 그 누구를 막론하고 1년 중 그 어느 날보다 더 다정한 말들을 서로서로 주고받으며 크리스마스에 혼자 멀리 떨어져 있는 자신들의 외로움을 달랬다. 그들은 먼 곳에 두고 온 식구들을 염려했고 식구들 역시 오매불망 자신들을 그리워하리라는 생각에 마음의 위로를 얻었다.

스크루지는 바람의 울음소리를 들으며 적막한 어둠 속을 날고 있었다. 저 아래 내려다보이는 미지의 바다는 그 깊이가 죽음만큼이나 심오할 것이라는 생각에 마음이 숙연해졌던 스크루지에게 뜻하지 않은 웃음소리가 들려왔다. 스크루지를 더욱 놀라게 한 것은 그 호탕한 웃음소리가 조카 프레드의 웃음소리라는 사실이었다. 유령이 상냥한 미소를 머금고 스크루지의 조카를 바라보고 서 있었다. 스크루지는 어느새 조카의 밝고 따뜻하고 아늑한 거실에 와 있었던 것이다. 조카가 큰 소리로 웃고 있었다.

"하하하! 아하하하하!"

그럴 가능성은 거의 없겠지만 스크루지의 조카보다 더 화통하게 웃을 수 있는 사람이 있을까? 여러분 중 누가 그런 사람을 알고 있다면 내게 소개해 주기 바란다. 나도 그런 사람과는 기꺼이 친분을 쌓고 싶으니까.

질병과 슬픔도 전염되기는 하지만 세상에 웃음과 즐

거운 기분만큼 전염성이 강한 것도 없을 것이다. 이 얼마나 공정하고 공평하며 숭고한 만물의 섭리인가! 스크루지의 조카가 옆구리를 움켜잡고 머리를 흔들며 얼굴까지 요상하게 일그러뜨리며 미친 듯이 웃어 대자 스크루지의 조카며느리도 배꼽을 잡고 웃어 대기 시작했다. 조카며느리뿐이 아니었다. 거실에 모여 있던 친구들도 이들 부부에게 뒤질세라 큰 소리로 웃음을 토해냈다.

"아하하하하하, 하하하, 하하하!"

"그, 글쎄, 푸하하하하하, 크리스…… 아하하하, 크리스마스가 쓸데없는 거라고 말씀하시는 거야! 정말 그렇게 말씀하시더라니까! 말만 그렇게 하시는 게 아니라 정말 그렇게 믿고 계신다고."

조카며느리가 조카의 말에 어이없다는 듯이 말했다.

"정말 부끄러운 일이에요, 여보!"

이렇게 야무진 여자들에게 축복이 있을지어다. 이런 여자들은 무엇을 해도 대충 하는 법이 없이 늘 똑 부러지므로.

조카며느리는 아주 예뻤다. 그것도 아주 뛰어난 미인이었다. 옴폭 팬 보조개, 놀란 듯 동그랗게 뜬 눈, 뚜렷한 이목구비, 입 맞추고 싶도록 탐스러운 작은 입, 웃을 때마다 서로 모여드는 턱 주위의 작은 점들, 세상의 어떤

창조물에서도 찾아볼 수 없는 태양처럼 빛나는 두 눈동자. 이 모든 것을 겸비한 조카며느리는 한마디로 매력적이었다. 하지만 동시에 그녀에게는 온화함이 배어 있었다. 완벽한 온화함이었다.

스크루지의 조카가 말을 이었다.

"참 웃기는 양반이셔, 사실이야. 호감 가는 사람은 절대 아니지. 하지만 자신의 괴팍함 때문에 스스로 벌을 받고 계시니 내가 굳이 그분에 대해서 나쁘게 얘기할 필요는 없어."

"그분은 아주 부자라면서요? 적어도 당신이 늘 나한테 한 얘기로는 말이에요."

조카며느리가 슬쩍 물었다.

"부자면 뭘 하겠어? 구슬이 서 말이라도 꿰어야 보배라는 말처럼, 그 돈을 가지고 평생 좋은 일을 하는 것도 아니고 그렇다고 당신 자신이 편안하게 즐기는 것도 아니니 아무 짝에도 쓸모없는 돈이지 안 그래? 그렇다고 언젠가 우리를 도와주실 분도 아니고, 하하하!"

"전 그런 분은 참을 수가 없어요."

조카며느리가 말했다

그러자 조카며느리의 여동생을 비롯하여 그곳에 모여 있던 모든 여자들이 자기들도 같은 생각이라고 거들었다.

"난 참을 수 있어. 삼촌이 불쌍하니까. 아무리 화를 내려고 해도 화를 낼 수가 없다고. 자기의 고약한 성미 탓에 고통을 받는 사람은 늘 그분 자신이거든! 암, 그분 자신이고말고. 우리를 싫어하기로 단단히 작정을 하고 계시니까 오늘 식사에도 안 온 거라고. 하긴 뭐, 그다지 굉장한 식사를 놓치신 건 아니지만 말이야."

스크루지의 조카가 말했다. 그러자 조카며느리가 남편의 말을 가로막았다.

"아니요, 난 그분이 아주 굉장한 만찬을 놓치신 거라고 생각해요."

그러자 거실에 모여 있던 사람들이 이번에도 하나같이 조카며느리의 편을 들고 나섰다. 사실 여기 모인 사람들은 방금 전에 저녁식사를 마치고 지금은 벽난로 앞에 둘러앉아 등잔불 옆에서 후식을 먹고 있었으므로 그들의 판결은 신빙성이 있는 것으로 보아야 마땅할 것이다.

"다들 맛있게 먹었다니 듣던 중 반가운 말인 걸. 사실 난 요즈음 젊은 부부들의 음식 솜씨를 별로 신뢰하지 않거든. 자네 생각은 어떤가, 토퍼?"

조카가 말했다.

스크루지 조카의 처제들 중 한 명에게 눈독을 들이고 있음에 틀림없는 토퍼는 총각들이란 그런 물음에 대해 어떤 의견도 제시할 수 없는 가여운 이방인 신세라고 대답했다. 그러자 장미를 꽂은 처제 말고 레이스 턱받침이 달린 드레스를 입은 통통한 처제가 얼굴을 붉혔다.

"여보, 하던 얘기나 마저 해요. 이이는 얘기를 꺼내기만 하고 끝낼 줄은 모른다니까! 정말 엉뚱한 사람이야."

조카며느리가 손뼉을 치며 말했다.

조카의 입에서 또 한 번 웃음보가 터져 나왔다. 다른 사람들도 배꼽을 잡으며 따라 웃었다. 통통한 처제는 웃지 않으려고 향초까지 써 보았지만 다 소용없는 일이었다. 웃음은 모두에게 전염되어 결국 한 명도 남김없이 다들 미친 듯이 웃어 댔다.

간신히 웃음을 멈춘 조카가 말을 이었다.

"내가 하려던 말은 단지 이거야. 삼촌이 당신한테 득이 되면 됐지, 해로울 것 하나 없는 즐거운 순간들을 놓치고 계시다는 거야. 그게 다 삼촌이 우리를 싫어하고 우리와 함께 하는 걸 거절하시기 때문이지. 곰팡내 나는 사무실이나 먼지투성이 자기 집에서 혼자 생각에 잠겨 계시는 것보다는 사람들과 한데 어울리는 편이 훨씬 더 즐거우실 텐데 말이야. 나는 삼촌이 좋아하시든 싫어하시든 매년 우리와 어울릴 기회를 드리고 싶어. 삼촌이 불쌍하니까. 물론 삼촌은 돌아가시는 날까지 크리스마스를 욕할지도 몰라. 하지만 내가 해마다 찾아가서 '삼촌, 안녕하셨어요?' 하고 공손하게 안부 인사를 하면 언젠가는 자기도 모르게 크리스마스를 좋아하게 되실 거야. 한번 도전해 보는 거야. 이렇게 해서 나중에 삼촌 사무실에서 일하는 불쌍한 서기한테 50파운드쯤 유산으로 남겨줄 마음을 먹게 되신다면 그것만으로도 대단히 의미 있는 일이 아니겠어? 말이 나온 김에 하는 말인데 내 생각에 어제 내가 삼촌 마음을 좀 흔들어 놓은 것 같아."

스크루지의 마음을 흔들어 놓았다는 조카의 말에 방에 모여 있던 사람들이 또다시 자지러졌다. 마음씨 착한 조카는 사람들이 왜 웃어대는지 영문도 모르고 그저 사람들이 웃는다는 사실에 즐거워 그들을 더욱 기쁘게 할 셈으로 술병을 돌렸다.

조카네 집에 모여 있던 사람들은 차를 마시고 나서 함께 노래를 불렀다. 워낙 음악적 재능이 뛰어난 가족이라 합창곡을 부르든 돌림 노래를 부르든 굉장히들 잘 불렀다. 여러분은 안심하고 내 말을 믿어도 좋다. 특히 토퍼는 이마에 핏대를 세우지도, 얼굴이 시뻘게지지도 않고 진짜 가수처럼 멋지게 저음 부분을 불러 젖혔다. 조카며느리는 하프를 훌륭하게 연주했다. 조카며느리가 연주한 여러 곡들 가운데에는 아주 단순한 곡도 하나 섞여 있었다. 정말 별것 아닌 곡이었다. 여러분도 2분이면 음을 익혀서 휘파람으로 따라 불 수 있을 정도로 쉬운 곡이었다. 그 곡은 오빠를 집으로 데려가려고 학교 기숙사까지 찾아왔던 스크루지의 여동생이 즐겨 부르던 노래였다. 과거 크리스마스 유령 덕에 다시 기억해 낸 여동생 말이다. 음악이 흐르는 동안 과거 크리스마스 유령이 보여 준 모든 장면들이 다시 한 번 스크루지의 머릿속을 스치고 지나갔다. 스크루지의 마음은 시간이 갈수록 여려졌다.

'아, 내가 불과 몇 년 전에라도 이 노래를 자주 들을 기회가 있었더라면 얼마나 좋았을까. 그랬다면 내 스스로가 내 인생을 행복하게 만들기 위해 다정한 마음을 키웠을 텐데. 그러면 이미 죽어 땅속에 묻힌 제이콥 말리가 무덤에서 걸어 나오는 일도 없었을 텐데.'

조카네 집에 모인 사람들이 저녁 내내 노래만 부르며 시간을 보냈던 것은 아니다. 어느 정도 노래를 부르고 나자 벌금놀이가 시작되었다. 동심으로 가끔 돌아가는 것처럼 좋은 일도 없었다. 어차피 크리스마스를 있게 한 것도 아기였으니 크리스마스야말로 어린아이로 돌아가기에 안성맞춤인 날인 것이다. 앗, 잠깐! 벌금놀이 전에 술래잡기를 하고 놀았다. 그것을 잊을 뻔했다. 하지만 술래였던 토퍼가 제대로 눈을 감았다고는 도저히 믿을 수 없다. 그것을 믿느니 차라리 토퍼의 눈이 장화에 달려 있다는 말을 믿겠다. 내 생각에는 토퍼와 스크루지의 조카 사이에 뭔가 모의가 있었으며, 현재의 크리스마스 유령도 그 사실을 알고 있다는 뜻이다. 틀림없었다. 일부러 넘어지고 부딪치면서 통통한 처제를 쫓아다닌 토퍼의 연극은 순진한 인간 본성을 모욕하는 행위였다. 토퍼는 벽난로 옆에 세워 둔 부지깽이를 쓰러뜨리고, 의자 위로 엎어지고, 피아노에 부딪히고, 커튼에 감기면서도 통통한 처제가 가는 곳이면 용하게도 어디든지 따라갔다! 통통한 처제가 어디에 서 있는지 기가 막히게 잘 알고 있었으며 다른 사람은 잡을 생각조차 하지 않았다. 설사 여러분 중 누가 아예 잡힐 자정으로 토퍼의 코앞에 다가가 섰다고 하더라도, 술래잡기를 하는 사람들 중에는 정말 그렇게 하는 사람도 있지만 토퍼는 여러분을 잡는 척 하면서 잽싸게 방향을 틀어 통통한 처제 쪽으로 다가갔을 것이다. 통통한 처제는 이리저리 도망 다니면서 불공평하다고 소리를 질러댔다. 정말로 공평하지 않았다. 하지만 통통한 처제가 아무리 실크 드레스를 사각거리며 재빨리 도망 다녀도 결국에 가서는 토퍼가 통통한 처제를 더 이상 빠져나갈 수 없는 구석에 몰아넣는 데 성공했다. 아! 그러고 나서 토퍼의 행동이란! 정말 밉살스럽기 짝이 없었다.

마치 자기가 누구를 구석에 몰아넣었는지 전혀 모르겠다는 듯이 처제의 머리장식을 더듬어댔으며, 그래도 잘 모르겠다는 듯이 이번에는 처제가 손가락에 낀 반지와 목에 건 목걸이를 만졌다. 엉큼한 짐승 같으니라고! 다른 사람이 술래가 되고 두 사람이 우연히 커튼 뒤에 함께 숨었을 때 그녀가 토퍼의 행동을 두고 한마디 했으리라는 것은 의심할 여지가 없었다.

스크루지의 조카며느리는 술래잡기가 벌어지는 동안 발판에 다리를 올려놓은 채 거실 한쪽 구석에 놓인 커다란 의자에 편안한 자세로 앉아 쉬고 있었다. 유령과 스크루지는 조카며느리가 앉아 있는 의자 바로 뒤에 서 있었다. 하지만 벌금놀이가 시작되자 조카며느리도 놀이를 함께 했다. 조카며느리는 정말 대단했다. 술래가 정해주는 철자가 무엇이건 간에 그 철자로 시작되는 단어를 막 힘없이 늘어놓았다. '언제, 어디서, 어떻게' 게임도 마찬가지였다. 조카며느리는 뛰어났으며 자기 여동생들을 가볍게 물리쳤다. 스크루지의 조카는 내색하지는 않았지만 부인이 그렇게 자랑스러울 수가 없었다. 사실 부인의 여동생들도 굉장히 똑똑한 아가씨들이었기 때문이다. 여동생들이 똑똑하다는 것은 토퍼가 증명해 줄 수 있을 것이다. 거실에는 젊은 사람, 나이 든 사람을 다 합쳐 대략 스무 명이 모여 있었다. 하지만 벌금놀이를 하지 않는 사람은 하나도 없었다. 심지어 스크루지까지도 벌금놀이에 합세했다. 눈앞에서 벌어지는 일이 너무나 재미있어서 자신의 목소리가 다른 사람들 귀에는 들리지 않는다는 사실도 잊은 채 가끔 자기가 생각하는 정답을 큰 소리로 내뱉었다. 신통하게도 스크루지의 답은 곧잘 맞아 떨어졌다. 하긴 바늘귀가 절대 부러지지 않는다는 '화이트채플' 바늘도 스크루지보다 더 예리할 수는 없을 테니 어찌 보면 당연한 일이었는지도 모르겠다. 스크루지의 머리를 빠르게 스치고 지나가는 생각들에 비하면 제아무리 예리한 바늘도 그저 무딜 뿐이었다.

유령은 놀이에 열심인 스크루지를 보는 게 여간 흐뭇하지 않았다. 그래서 손님들이 돌아갈 때까지만 이곳에 머물게 해 달라고 어린애처럼 조르는 스크루지를 다정한 눈길로 바라보았다. 하지만 유령은 더 이상은 안 된다고 말했다.

"보세요! 새로운 놀이예요! 유령님, 제발 30분만 더요. 이번 꼭 한 번만요!"

스크루지가 애원했다.

새로 시작된 놀이는 '예, 아니오.' 놀이였다. 스크루지의 조카가 머릿속으로 무엇인가 생각하면 나머지 다른 사람들이 그게 무엇인지 알아맞히는 놀이였다. 다른 사람들의 질문에 조카는 그저 "예.", "아니오." 라고만 대답할 수 있었다. 사람들은 조카에게 속사포처럼 질문을 퍼부어서 조카가 생각하고 있는 것이 동물이라는 사실을 알아냈다. 살아 있는 동물, 불쾌한 동물, 사납고 으르렁대고 꽥꽥거리지만 더러 말을 하는 경우도 있다고 했다. 사는 곳은 런던이되 동물원은 아니며 거리를 돌아다니기도 하지만 구경거리는 아니며, 사람에게 끌려 다니지도 않는다고 했다. 장터에서 도살당하는 일도 절대 없고 말도, 당나귀도, 암소도, 황소도, 호랑이도, 개도, 돼지도, 고양이도, 곰도 아니었다. 새로운 질문을 받을 때마다 마다 조카는 미친 듯이 웃어 댔다. 너무 우스워 소파에서 일어나 발을 동동 구를 정도였다. 마침내 통통한 처제가 배꼽을 잡으며 외쳤다.

"아아, 알겠어요! 난 뭔지 알아요, 형부!"

"뭔데?"

조카가 물었다.

"형부의 삼촌, 스크루우우우우우우지 영감님!"

정답이었다. 사람들 대부분이 통통한 처제의 대답에 감탄해 마지않았다. 진작 "곰인가요?"라는 질문에 조카가 "예."라고 대답했어야 한다고 불평하는 이들도 있었다.

조카가 "아니오."라고 대답하는 바람에 스크루지가 아닐까 하던 생각을 다른 쪽으로 바꿨다는 것이다.

"삼촌 덕에 아주 즐거운 시간을 보낼 수 있었어. 그러나 삼촌의 건강을 위해 한 잔 안 할 수가 없지. 마침 데운 포도주 잔을 손에 들고 있으니. 자, 모두 스크루지 삼촌을 위해 건배! "

조카가 말했다. 다들 조카를 따라 외쳤다.

"스크루지 삼촌을 위해!"

"삼촌이 어떤 분이시건 간에 즐거운 크리스마스와 기쁜 새해를 맞이하시기를 바랍니다. 이런 인사 따윈 필요없다고 하실 테지만 그래도 삼촌에게 축복이 있기를 바랍니다. 자, 스크루지 삼촌을 위하여!"

프레드가 외쳤다.

스크루지는 겉으로 드러내지는 않았지만 기분이 날아갈 듯이 좋아졌다. 유령이 조금만 더 시간을 준다면 자기도 이들을 위해 축배를 들고 들리지 않는 목소리로나마 감사의 인사를 몇 마디 하고 싶었다. 하지만 조카의 말이 끝나기가 무섭게 이 모든 장면은 스크루지의 눈앞에서 사라져버리고 유령과 스크루지는 또다시 여행길에 올랐다.

그들은 많은 것을 보고, 먼 곳을 다니고, 수많은 가정을 방문했다. 유령의 방문은 많은 사람들에게 늘 행복을 가져다주었다. 아파서 누워 있는 환자들은 명랑한 기분을 되찾았고, 타향에서 지내는 사람들은 조금이나마 고향의 기분을 느꼈고, 운명과 힘겨운 싸움을 하고 있는 이들은 희망과 인내를 가지게 되었고, 가난한 사람들은 마음의 풍요를 느꼈다. 빈민 구제소, 병원, 감옥과 같이 고통과 비참함이 어김없이 숨어드는 곳들도 평소에는 부질없고 하찮은 권위를 과시하는 사람들에 의해 비집고 들어갈 틈도 없이 꽁꽁 닫혀 있었으나 이날만은 감시가 느슨한 덕분에 유령이 찾아가 축복을 내릴 수 있었다. 스크루지는 거기서 큰 교훈을 얻었다.

하룻밤이라고 하기에는 정말로 기나긴 밤이었다. 스크루지로서는 이 모든 것들이 하룻밤 새에 벌어진 일이라고는 도저히 상각할 수 없었다. 그도 그럴 것이 스크루지가 본 것은 며칠 동안 계속되는 크리스마스 명절 내내 일어난 일들이 한정된 시간 안에 전부 응축되었기 때문이다. 이해할 수 없는 점이 또 하나 있었다. 스크루지의 겉모습은 그대로인데 유령은 눈에 띄게 늙어 가고 있었던 것이다. 스크루지는 유령의 변화를 눈치 챘으나 아이들의 주현절 잔치를 구경하고 나올 때까지 아무 말도 하지 않았다. 유령의 머리는 어느새 백발이 되어 있었다. 그제야 스크루지가 물었다.

"유령님들의 수명은 그렇게 짧은가요?"

"이승에서의 내 생은 아주 짧지. 오늘 밤에 끝나니까."

"오늘 밤에요?"

"그렇다. 오늘 밤 자정까지다. 들어 봐라! 운명의 시간이 다가오는 소리를"

그때 11시 45분을 알리는 종소리가 울렸다.

스크루지가 유령의 옷을 뚫어져라 바라보며 물었다.

"유령님, 제가 여쭈어서는 안 될 것을 여쭤보는 거라면 용서하십시오. 하지만 제 눈에 이상한 것이 보입니다요. 유령님의 것은 아닌데 무엇인가가 옷자락 밑으로 불쑥 튀어나와 있습니다요. 그게 사람의 발인가요, 아니면 짐승의 발톱인가요?"

유령이 슬픔에 잠긴 목소리로 대답했다.

"살점이 얼마 붙어 있지 않은 것으로 보아 짐승의 발톱으로 볼 수도 있겠지, 여기를 보아라."

유령이 옷자락을 걷어 올리더니 안에서 어린아이 둘을 끄집어냈다. 아이들의 모습은 비참하고 참담하고 끔찍하기 짝이 없었다. 아이들은 유령의 발치에 무릎을 꿇은 채 유령의 옷자락을 꼭 부여잡고 있었다.

"여기를 보아라! 이 아래를 좀 보라고!"

유령이 소리쳤다.

남자아이 하나와 여자아이 하나였다. 얼굴은 누렇게 뜨고 누더기를 걸친 몸은 비쩍 야위어 있었으며 굶주린 얼굴에는 적의가 가득 차 있었다. 머리를 조아리고 있는 모습은 비굴해 보이기까지 했다. 어린아이들에게 있어야 할 천진난만함과 생기라고는 찾아볼 수가 없었다. 세월의 거칠고 모진 손에 꼬집히고 비틀리고 갈기갈기 찢긴 모습이었다. 천사가 군림하고 있어야 할 자리에 악마가 숨어들어 노려보고 있는 듯했다. 창조의 비밀스러운 과정에서 제아무리 인간의 본성을 뒤바꾸고 타락시키고 뒤틀어 놓는 일이 벌어졌다 할지라도 이 아이들만큼 끔찍하고 흉측한 괴물은 만들어 내지 못했을 것이다.

스크루지는 섬뜩하여 뒷걸음질쳤다. 유령이 옷자락 밑에서 아이들을 끄집어 낼 때는 귀여운 아이들이라고 말해줄 참이었다. 하지만 스크루지가 해 주려던 말은 터무니없는 거짓말이 되어 입 밖으로 튀어나오기보다는 차라리 목구멍 속에 갇혀 있겠다는 듯이 스크루지의 목구멍 안에서 그대로 뒤엉켜 버렸다.

스크루지가 겨우 입을 떼었다.

"유령님의 아이들인가요?"

더는 아무 말도 할 수가 없었다. 유령이 아이들을 내려다보며 대답했다.

"이 아이들은 인간의 아이들이다. 나한테 매달려서 자기들을 이 지경으로 만든 제 아버지들에 대한 불만을 호소하고 있지. 남자아이는 '무지'이고 여자아이는 '궁핍'이니라. 이 두 가지를 경계하도록 하라. 하지만 남자아이의 이마 위에 새겨진 글씨가 지워지지 않는 한 무엇보다도 남자아이를 경계해야 할 것이다. 아이의 머리 위에 '파멸'이라고 쓰인 것이 내 눈에 보이기 때문이다. 무지를 물리쳐야 한다."

유령이 도시 쪽으로 손을 뻗으며 소리쳤다.

"도시에 사는 인간들아, 너희에게 이런 경고를 들려주는 이들을 비난할 테면 실컷 비난해라. 너희 자신의 당리당략을 위해 무지를 용인한다면 무지는 더욱 심해질 뿐! 그리하여 종말의 날이 다가올 것이다!"

"이 아이들을 맡기거나 돌봐줄 만한 곳이 없나요?"

스크루지가 물었다.

"감옥이 없느냐고?"

"빈민 구제소가 없느냐고?"

유령은 스크루지가 기부금을 받으러 온 신사들에게 내뱉었던 말을 스크루지 본인에게 고스란히 돌려주었다.

그때 교회의 종소리가 12시를 알렸다.

스크루지는 주위를 둘러보며 유령을 찾았으나 유령의

모습은 보이지 않았다. 마지막 종소리의 떨림이 멎는 순간 스크루지는 제이콥 말리의 예언을 떠올렸다. 스크루지는 고개를 쳐들었다. 기다란 망토를 입고 망토에 달린 모자로 얼굴을 가린 유령이 땅 위로 스멀스멀 퍼지는 안개처럼 자신을 향해 다가오는 것이 보였다.

제4부

세 번째 유령

유령은 천천히, 엄숙하게, 소리 없이 다가왔다. 유령이 가까이 오자 스크루지는 무릎을 꿇었다. 유령이 헤치고 오는 공기에서조차 그가 흩뿌리는 음산함과 신비로움이 느껴졌기 때문이다.

유령은 머리, 얼굴 할 것 없이 온몸을 시커먼 망토로 감싸고 있어서 밖으로 나온 것이라고는 앞으로 쭉 내민 손밖에 없었다. 이마저 없었더라면 유령을 에워싸고 있는 어두운 밤에 유령을 분간해 내는 일은 웬만큼 어렵지 않았을 것이다.

유령이 가까이 오자 스크루지는 유령이 키가 크고 당당하다는 것을 알 수 있었다. 유령에게서 느껴지는 신비로움에 스크루지는 엄숙한 두려움이 들었다. 하지만 유령이 움직이지도 입을 열지도 않았으므로 더 이상 아무

것도 알 수가 없었다.

"지금 제가 미래의 크리스마스 유령님 앞에 서 있는 건가요?"

스크루지는 물었다.

유령은 아무 말 없이 그저 손으로 앞을 가리킬 뿐이었다.

스크루지가 다시 한 번 물었다.

"유령님은 제게 아직 일어나지는 않았지만 앞으로 일어나게 될 환영들을 보여 주시려는 건가요? 그런가요, 유령님?"

한순간 망토 윗부분에 주름이 잡히는 것 같았다. 마치 유령이 고개를 끄덕인 것처럼 보였다. 그것이 스크루지가 얻어 낸 유일한 대답이었다.

유령들과 돌아다니는 일에 이제 어느 정도 익숙해진 스크루지였지만 침묵으로 일관하는 유령 앞에 서자 어찌나 겁이 나는지 다리가 후들후들 떨렸다. 그 바람에 정작 유령을 따라 나서야 했을 때는 제대로 서 있기조차 힘든 지경이 되어 버렸다. 유령은 스크루지의 그런 상태를 알아차린 듯 걸음을 멈추더니 스크루지가 기력을 회복할 수 있는 시간의 여유를 주었다.

하지만 스크루지는 그런 유령이 점점 더 무서워졌다. 시커먼 베일 뒤에 가려진 유령의 두 눈이 자기를 바라보고 있을 것이라고 생각하니 알 수 없는 두려움이 엄습해 왔다. 그래서 두 눈을 부릅뜨고 무엇인가를 보려고 했지만 유령의 손과 시커먼 몸뚱이 말고는 아무것도 보이지 않았다.

"미래의 유령님! 유령님이야말로 제가 지금까지 보아온 어떤 다른 유령들보다 두려운 존재이십니다요. 하지만 저를 이롭게 하기 위해 유령님께서 여기에 오셨다는 것을 제가 알고 있습죠. 저 또한 이전의 저와는 다른 모습으로 살고 싶고요. 그러니 이 몸 기꺼이 유령님을 따르렵니다. 감사하는 마음으로 말이죠. 그나저나 저한테 한마디만 해 주시지 않으렵니까? 아무 말이나 좋습니다요."

스크루지가 소리쳤다.

유령은 아무런 대꾸도 하지 않았다. 다만 손으로 앞을 가리킬 뿐이었다.

"그럼 저를 인도해 주십시오! 어서 저를 이끌어 주십시오. 밤이 빠르게 지나가 버리고 있습니다. 저에게는 더 없이 소중한 시간입니다. 어서 인도해 주십시오. 유령님!"

스크루지가 말했다.

유령은 스크루지에게 다가올 때처럼 조용히 멀어져 갔다. 스크루지가 유령의 그림자를 쫓았다. 유령의 옷자락이 드리우는 그림자가 스크루지를 들어 올려 앞으로 싣고 가는 느낌이었다.

도시였다. 하지만 스크루지가 도시 안으로 들어갔다기보다는 도시가 저 스스로 불쑥 솟아 유령과 스크루지의 주위를 에워싼 것 같았다. 어쨌든 유령과 스크루지는 도시 한복판, 정확히 말하면 상인들로 가득 찬 상품 거래소 안에 서 있었다. 상인들은 주머니 안의 동전을 철렁거리며 분주하게 이리저리 뛰어 다니거나, 삼삼오오 모여 이야기를 주고받거나, 시계를 보거나, 큼지막한 금빛 도장을 만지작거리며 곰곰이 생각에 잠겨 있었다. 어떤 모습이건 간에 스크루지에게는 아주 익숙한 광경이었다.

유령은 몇몇 상인들이 모여 이야기를 나누고 있는 곳으로 다가가 섰다. 유령의 손이 그들을 가리키고 있는 것을 보고 스크루지도 상인들에게 다가가 그들이 나누고 있는 이야기에 귀를 기울였다.

턱살이 출렁거리는 엄청 뚱뚱한 남자가 말하고 있었다.

"아니, 아니, 나도 자세히는 몰라요. 그저 그 사람이 죽었다는 얘기만 들었을 뿐이에요."

"언제 죽었답디까?"

"어젯밤이라지요, 아마"

또 다른 남자가 큼직한 담뱃갑에서 코담배 가루를 한

웅큼 꺼내며 물었다

“왜 죽었답디까? 그 사람, 절대 죽을 것 같지 않더니만.”

“왜 죽었는지야 신이 아실 테지요.”

뚱뚱한 남자가 하품을 하며 말했다.

이번에는 얼굴이 붉고 코끝에 난 혹이 칠면조 턱밑에 매달린 살점처럼 흔들리는 신사가 물었다.

“그 많은 돈은 어떻게 했답니까?”

뚱뚱한 남자가 또다시 하품을 하며 대답했다.

“거기에 대해선 아무 얘기도 못 들었소이다. 뭐, 자기 회사에 남겼거나 그랬겠죠. 어쨌든 나한텐 한 푼도 안 남겼소이다. 그게 내가 아는 전부라오.”

뚱뚱한 남자의 너스레에 다들 웃음을 터뜨려다.

웃음이 멈추자 뚱뚱한 남자가 말을 이었다.

“아주 초라한 장례식이 될 것 같아요. 대체 장례식에 가겠다는 사람이 아무도 없으니 원. 우리라도 조문단을 꾸려서 장례식에 참석하는 것이 어떻겠소?”

코끝에 혹이 난 남자가 대답했다.

“점심만 준다면야 가는 건 어렵지 않죠. 먹을 게 없으면 난 안 가요.”

좌중에 또 한 번 웃음이 터졌다.

뚱뚱한 남자가 입을 열었다.

"사실 나만큼 장례식에 맞지 않는 사람도 없을 거예요. 난 생전 검은 장갑도 끼지 않고 점심도 안 먹거든. 하지만 누구 다른 사람이 가겠다고만 하면 나도 같이 가겠소. 곰곰이 생각해 보면 그래도 내가 그 노인네와 가장 친하게 지내지 않았나 싶어요. 길에서 만나면 멈춰 서서 이야기를 나누곤 했으니 말이요. 자 그럼 또 봅시다."

대화를 나누던 사람들이 뿔뿔이 흩어졌다. 더러는 다른 무리에 끼어 계속 이야기를 나누었다. 모두 스크루지가 아는 사람들이었다. 스크루지는 상인들이 누구 이야기를 하고 있었던 것인지 알고 싶어 유령을 바라보았다.

유령은 스르르 미끄러져 거리로 나갔다. 이번에는 유령의 손가락이 길에서 이야기를 나누고 있는 두 사람을 가리키고 있었다. 스크루지는 자기가 궁금해 하는 사실을 혹시 그 두 사람의 대화에서 듣게 되지나 않을까 싶어 다시 귀를 기울였다.

두 사람 모두 스크루지가 잘 아는 사람들이었다. 돈 많고 막강한 영향력을 행사하는 사업가들이었다. 스크루지는 이들로부터 좋은 평판을 얻으려고 부단히 애를 쓰던 터였다. 물론, 사업적인 면에서, 순수하게 사업적인 면에서 말이다.

"안녕하십니까?"

한 사람이 인사를 건넸다.

"어이구, 오래간만입니다. 잘 지내시나요?"

다른 한 사람이 답례를 했다.

"예, 덕분에요. 그나저나 그 구두쇠가 결국 제 수명을 다했다더군요. 들으셨나요?"

"들었고말고요. 날씨가 꽤 춥지요?"

"크리스마스에 딱 어울리는 날씨지요. 스케이트를 안 타시나 보군요?"

"네, 안 탑니다. 전 다른 볼일이 있어서 이만 실례해야겠군요. 안녕히 가십시오."

다른 말은 없었다. 그것이 두 사람의 만남이요, 대화요, 헤어짐이었다.

스크루지는 그토록 하찮은 대화를 유령이 중요하게 여기는 것 같아 처음에는 적잖이 놀랐다. 하지만 이내 그 속에 무엇인가 숨은 뜻이 있을 것이라고 굳게 믿고는 그것이 과연 무엇일까 곰곰이 생각하기 시작했다. 사람들이 제이콥 말리의 죽음을 이야기하고 있는 것일 리는 만무했다. 제이콥은 과거에 죽었고 지금 자기 곁에 서 있는 유령은 미래의 일을 보여주는 유령이기 때문이었다. 그렇다고 자기가 아는 사람들 중에 사람들의 대화 내용과

연관지어 생각할 수 있을 만한 사람이 선뜻 떠오르는 것도 아니었다. 하지만 아무래도 좋았다. 누구 이야기가 되었건 자신을 교화시키려는 깊은 뜻이 숨어 있는 이상 스크루지는 자기가 들은 말 한마디 한마디, 자기가 본 장면 하나하나를 모두 가슴속에 새겨 두겠다고 마음먹었다. 그리고 무엇보다도 자기 자신의 환영이 나타나면 잘 지켜보아야겠다고 생각했다. 미래의 자신이 취하는 행동을 실마리 삼아 이 모든 수수께끼를 풀 수 있지 않을까 하는 기대감에서였다.

스크루지는 자신의 환영을 찾아내려고 사방을 두리번거렸다. 평소 같으면 자기가 서 있어야 할 구석에 다른 남자가 서 있었다. 시계는 자기가 그 구석에 서 있어야 할 시간임을 가리키고 있었지만 스크루지의 모습은 그곳에 없었다. 눈길을 상품 거래소 입구로 돌렸다. 수많은 사람들이 떼를 지어 건물 안으로 들어가고 있었다. 하지만 거기에서도 자신의 모습은 찾아볼 수 없었다. 스크루지는 놀라지 않았다. 새사람으로 거듭나겠다고 이미 마음먹은 이상 착하게 살고 있는 자신의 모습을 언젠가 볼 수 있기를 고대할 뿐이었다.

주위는 고요하고 어두웠다. 유령은 여전히 손을 뻗은 채 스크루지 옆에 서 있었다. 깊은 생각에 잠겨 있던 스크루지가 정신을 차렸다. 유령의 자세와 내민 손의 방향으로 미루어 보아 베일에 감춰진 유령의 두 눈이 자기를 날카롭게 보고 있다는 사실을 짐작할 수 있었던 것이다. 등골이 오싹해지고 소름이 끼쳤다.

유령과 스크루지는 번잡한 시내를 벗어나 어두침침한 빈민굴에 와 있었다. 이곳이 어딘지 그리고 그 악명은 익히 들어 알고 있었지만 직접 와 보기는 난생처음이었다. 골목들은 비좁고 악취가 풍겼다. 가게와 집들은 금방이라도 무너져 내릴 것 같았고 헐벗은 사람들이 술에 취한 채 여기저기 흉한 모습으로 쓰러져 있었다. 샛길과 굴다리 밑은 시궁창이나 다름없었다. 오물과 인간들에게서 풍겨 나오는 역겨운 냄새가 구불구불 나 있는 길거리를 가득 채웠다. 더러움과 비참함으로 가득 찬 구역 전체에서 범죄의 기운이 느껴졌다.

빈민굴 깊숙이 고철, 넝마, 빈 병, 뼈다귀, 고기 찌꺼기 등 온갖 잡동사니를 파는 가게가 하나 있었다. 가게는 처마를 내어 만든 낮은 지붕 아래에 자리 잡고 있었다. 가게 바닥에는 열쇠, 못, 쇠사슬, 돌쩌귀, 줄 저울, 추 등 온갖 종류의 고철이 산더미처럼 쌓여 있었다. 꼴사나운 넝마 더미와 썩은 기름 덩어리 그리고 무더기로 쌓인 뼈다귀들도 눈에 띄었지만 그런 것들의 비밀을 캐고자 하는 사람은 한 명도 없는 것 같았다. 가게의 주인인 듯 보이는 머리가 허옇게 센 영감이 낡은 벽돌을 쌓아 만든 난로 옆에 앉아 있었다. 일흔 살은 족히 되어 보이는 이 노인에게서는 왠지 사기꾼 같은 인상이 풍겼다. 영감은 너덜너덜한 넝마 조각들을 줄에 걸어 바깥의 차가운 공기를 막는 커튼으로 삼고 가게 안에 편히 들어앉아 파이프 담배를 피우고 있었다.

스크루지와 유령이 영감에게 막 다가서려는 순간 묵직한 보따리를 든 여자가 주위를 살피며 살금살금 가게 안으로 들어왔다. 그런데 여자가 미처 가게 안으로 완전히 들어서기도 전에 또 다른 여자가 비슷한 크기의 보따리를 끼고 들어왔고, 색 바랜 검은색 양복 차림의 사내가 바로 그 뒤를 이었다. 사내는 여자들을 보자 화들짝 놀랐다. 놀라기는 서로를 알아본 두 여자들도 마찬가지였다. 세 사람은 물론이요, 파이프를 입에 문 주인 영감까지도 어찌나 놀랐던지 쭈뼛거리기만 할 뿐 아무 말이 없었다. 마침내 세 사람은 한꺼번에 웃음을 터뜨렸다.

가장 먼저 가게로 들어온 여자가 떠벌리기 시작했다.

"청소부가 1등이고 다음이 세탁부 그리고 장의사가 맨 마지막이에요. 이봐요, 조 영감, 당신 오늘 아주 땡잡았우. 우리가 뭐 미리 약속이나 한 줄 알아요? 아무 약속도 안 했는데 여기 이렇게 모인 거라고요!"

조 영감이 파이프를 입에서 떼며 말했다.

"우연히 만나는 장소치고 여기보다 더 좋은 곳도 없지 뭘 그래? 자, 자, 어서 거실로 들어가자고. 자네야 내 집 단골이니 언제든 대환영이고 다른 두 사람도 생판 낯선 사람들은 아니구먼. 내 얼른 가게 문을 닫을 테니 잠시들 기다리라고. 아이고, 문이 이렇게 끽끽대서야 원! 심지어 우리 가게에도 이놈의 돌쩌귀만큼 녹슨 쇠붙이는 없을 거야. 뼈로 말하자면 내 뼈가 우리 가게에서 가장 케케묵었고, 히히히! 우린 아무래도 이게 천직인가 봐. 손발도 척척 들어맞고 말이야. 자, 어서 응접실로 들어가자고."

영감이 응접실이라고 부르는 곳은 다름 아닌 넝마로 된 가리개 뒤편의 공간이었다. 영감은 녹슨 쇠막대로 난로의 불길을 쑤시고 파이프 손잡이로 등잔의 그을음을 긁어낸 다음 파이프를 다시 입에 물었다. 그사이 맨 처음 가게로 들어온 여자는 보따리를 바닥에 던져 놓고 무릎 위로 팔짱을 끼고 거만하게 앉아 여차하면 당장에라도 대들 듯한 표정으로 다른 두 사람을 노려보고 있었다.

여자가 입을 열었다.

"뭐 어때, 뭐가 어떠냐고? 사람은 누구나 제 자신을 돌볼 권리가 있다고. 안 그래, 딜버 부인? 그 작자도 그랬는

걸, 뭐."

딜버 부인이라고 불린 세탁부가 말을 받았다.

"암, 그렇고말고! 그 사람보다 더 지독한 사람이 있었으려고."

"아, 그러면 그렇게 겁먹은 사람처럼 가만히 서서 멀뚱멀뚱 쳐다보지 말란 말이야. 이 여편네야! 지금 누가 더 잘났는지 한판 하자는 거야? 우리끼리 물고 뜯고 할퀴자는 게 아니잖아?"

딜버 부인과 남자가 함께 맞장구를 쳤다.

"아니지. 암, 아니고말고!"

"그럼 됐어! 이따위 물건이 몇 개 없어졌다고 누가 망하기라도 한대? 이미 죽은 사람한텐 아무 상관도 없을 테고, 안 그래?"

첫 번째 여자가 소리쳤다.

"맞아, 맞아."

딜버 부인의 맞장구에 첫 번째 여자가 계속 말을 이었다.

"그놈의 고약한 구두쇠 영감, 자기가 죽고 나서도 제 물건들이 고스란히 제자리에 있길 바랐다면 왜 진작 살아생전에 남들처럼 못 했대? 그랬다면 죽을 때 누구라도 와서 돌봐 주었을 거 아니야? 혼자 죽게 내버려 두지는 않았을 거 아니냐고."

"내 지금껏 들어 본 말 중 가장 옳은 말이네그려. 그 사람, 벌 받은 거야."

딜버 부인이 말했다.

첫 번째 여자가 또 입을 열었다.

"젠장, 그보다 더 심한 벌을 받기를 바랐는데. 내가 좀 더 훔쳐 왔어야 속이 후련한 건데. 그나저나 조 영감, 어서 보따리나 끌러 보쇼. 얼마나 줄 건지 말해 봐요. 툭 털어놓으라고요. 내 걸 먼저 끌러도 상관없어요. 다른 사람들이 봐도 괜찮다고요. 여기서 만나기 전부터도 다 아는 사실이었는데, 뭐, 죄랄 것도 없어요. 자, 어서 보따리를 끄르라고요."

하지만 그녀의 동지는 자신의 순서를 기다리지 못했다. 색 바랜 검은 양복 차림의 사내가 잽싸게 끼어들더니 자신이 가져온 전리품을 꺼내 놓았다. 많지는 않았다. 도장 한두 개, 필통 하나, 소매 단추 한 쌍, 별로 값나가 보이지 않는 브로치 한 개가 전부였다. 조 영감은 물건을 하나하나 자세히 들여다보며 분필을 들고 벽에 값을 매겨 갔다. 더 이상 나올 물건이 없자 벽에 쓰인 가격을 모두 더했다.

"이게 자네 물건 값이네. 나를 끓는 물에 처넣는다 해도 동전 한 푼 더 못 주겠네. 다음은 누구지?"

조 영감이 말했다.

딜버 부인의 차례였다. 딜버 부인의 보따리 안에는 침대 시트와 수건, 옷가지 몇 벌, 구식 은제 찻숟가락 두 개, 각설탕 집게 하나 그리고 장화 몇 켤레가 들어 있었다. 조 영감은 딜버 댁의 물건 값도 역시 같은 식으로 벽에 적었다.

"난 여자들한테 너무 후하단 말이야. 그게 내 약점이라니까. 그것 때문에 난 망한다고, 망해. 자, 이게 당신 물건 값이야. 1페니라도 더 달라고 조르는 날엔 내 이렇게 후하게 쳐 준 걸 후회하고 반 크라운을 깎아 버릴 테니 알아서 하라고."

조 영감은 말했다.

"아, 이제 그만하고 내 보따리나 좀 끌러 보시구려."

첫 번째 여자가 소리쳤다.

조 영감은 보따리를 풀기 편하게 바닥에 무릎을 꿇더니 꽁꽁 묶인 매듭을 풀었다. 둘둘 뭉친 커다랗고 무겁고 시커먼 천말이가 나왔다.

"아니, 이게 뭐야? 침대 커튼이잖아!"

조 영감이 말했다.

첫 번째 여자가 팔짱을 낀 채 몸을 앞으로 굽히며 깔깔 웃었다.

"맞아요. 침대 커튼이에요."

"설마 그 영감이 아직 누워 있는데 커튼 고리까지 모조리 걷어 왔단 말은 아니겠지?"

"당연히 그랬죠. 왜 안 되나요?"

"돈 벌 팔자구먼. 틀림없이 한몫 잡겠어."

"난 살아서 그 따위로 행동했던 인간을 위한답시고 손만 뻗으면 가져올 수 있는 물건을 두고 오진 않아요. 잘 알아 두구려. 아이고, 조심해요. 담요에 기름 떨어지겠어요."

첫 번째 여자가 뻔뻔스럽게 대꾸했다.

"그 영감이 덮고 있던 담요인가?"

조 영감이 물었다.

"척하면 삼천리지 누구 거겠어요? 그 영감, 이제 그거 없다고 추워할 것도 아니고."

조 영감이 물건들을 살펴보다 말고 고개를 쳐들었다.

"혹시 전염병에 걸려서 죽은 건 아니겠지?"

"별 걱정을 다하시는구려. 그랬다면 내 고작 이런 거나 집어 오려고 그 옆을 얼쩡거렸겠어요? 아, 그리고 이 셔츠 좀 잘 봐요. 눈이 빠져라 잘 좀 들여다보라고요. 구멍은 고사하고 어디 해진 곳도 없을 테니. 그 영감 옷들 중에 가장 좋은 거유. 아주 비싼 거예요. 내가 아니었더라면 분명히 그렇게 버려졌을 거야."

"버리다니 무슨 말이야?"

조 영감이 물었다.

"그걸 입힌 채 장례를 치렀을 테니 하는 말이죠. 어느 멍청이가 이 비싼 걸 입혀 놓았더라고요. 내가 다시 벗겨 버렸지. 무명이면 됐지 뭐 더 좋은 게 필요하냔 말이에요. 죽은 사람한테는 무명이면 충분해요. 무명 셔츠를 입혔다고 그 영감 얼굴이 더 추해 보일 것도 아니고."

여자가 웃으면서 대답했다.

스크루지는 이 말을 듣고 소름이 끼쳤다. 자기들이 도둑질해 온 물건을 둘러싸고 앉아 있는 이들의 얼굴에 조 영감의 등잔불에서 흘러나오는 어두침침한 불빛이 비쳤다. 스크루지는 시체의 값을 흥정하는 악마들한테서조차 이보다 더한 혐오감과 증오심을 느끼지는 않을 것 같았다.

"흐흐!"

조 영감이 플란넬 천으로 된 돈주머니를 꺼내 각자에게 나누어 줄 돈을 바닥에서 세기 시작하자 첫 번째 여자가 또 한 번 크게 웃었다.

"하하하. 결국 이렇게 끝날 줄 알았다니까! 살아서 자기 근처에 아무도 얼씬거리지 못하게 하더니만 죽어서 우리한테 돈벌이가 되어 주려고 그랬구먼! 아하하하!"

스크루지가 머리부터 발끝까지 덜덜 떨며 말했다.

"유령님! 잘 알겠습니다. 잘 알고말고요. 제가 이 불쌍한 사람의 처지가 될 수도 있다는 걸 보여 주시려는 거지요? 지금까지의 제 인생이 그렇게 흘러가고 있었다는 걸 말씀하시려는 거지요? 아이고, 세상에! 이럴 수가!"

신세를 한탄하던 스크루지가 깜짝 놀라 뒤로 물러섰다. 갑자기 장면이 바뀌면서 어떤 침대에 부딪힐 뻔했기 때문이다. 커튼이 벗겨져서 썰렁해 보이는 침대였다. 침대 위에는 누군가가 너덜너덜한 시트에 덮인 채 누워 있었다. 아무 말도 없었지만 침묵이라는 공포의 언어로 자신의 존재를 드러내고 있었다.

방 안은 아주 어두웠다. 도대체 누구의 방인지 알고 싶은 충동에 방 안을 이리저리 둘러보았지만 너무 어두워서 아무것도 제대로 분간할 수가 없었다. 창밖에서 희미한 빛줄기 하나가 침대 위로 떨어졌다. 약탈당하고 도둑맞은 침대 위에는 지키는 이도, 슬피 우는 이도, 돌봐주는 이도 없는 한 남자의 시신이 누워 있었다. 스크루지가 유령을 흘끗 보았다. 유령의 손이 시신의 머리를 가리키고 있었다. 시트가 아무렇게나 덮여져 있어서 스크루지가 손가락만 조금 까딱해도 시신의 얼굴이 그대로 드러날 것 같았다. 스크루지는 식은 죽 먹기라고 생각하며 손을 들어 천을 들추어 보려고 했다. 하지만 마음만 간절했을 뿐 옆에 서 있는 유령을 쫓아낼 힘이 없는 것처럼 얇은 천을 들추어 볼 기력이 없었다.

아, 인정사정없는 매몰찬 죽음이여, 여기 네 제단을 쌓고 이 사람에게 공포의 수의를 입혀라. 이제 이곳은 네 왕국일지니! 하지만 네 가공할 목적을 위해 이 성스럽고 거룩한 사람의 머리만은 얼굴은 물론이거니와 머리털 하나도 건드리지 못할 것이다. 이는 그의 손이 무거워 아래로 늘어지기 때문도, 그의 심장과 맥박이 멈추었기 때문도 아니니라. 다만 생전에 그의 손이 너그럽고 성실했기 때문이며 그의 심장이 용감하고 따뜻하고 자비로웠기 때문이여 그의 맥박이 인간적이었기 때문이니라, 쳐라, 쳐보아라! 죽음이여, 너는 오로지 그의 선생이 상처에서 피어올라 세상에 영생의 씨앗을 뿌리는 것만을 볼 수 있을지니!

스크루지의 귓속에 대고 이런 말을 속삭이는 목소리가 정말로 있었던 것은 아니다. 하지만 침대를 바라보고 있던 스크루지는 분명 그 말을 들었다. 스크루지는 죽어 있는 이 사람이 지금 만약 다시 살아난다면 가장 먼저 무슨 생각을 할 것인지 궁금했다. 욕심과 탐욕으로 또 다시 근심 걱정에 휩싸이지 않을까? 바로 그것 때문에 이렇게 초라한 죽음을 맞이하였음에도 말이다!

시체는 어둡고 텅 빈 집에 홀로 누워 있었다. 생전에 이러저러한 은혜를 입었다며 심심한 애도의 말을 전하기 위해 찾아온 남자도 여자도 어린아이도 없었다. 고양이 한 마리가 문을 할퀴고 있었고 난로 아래에서는 쥐들이 갉아 대는 소리가 들렸다. 죽은 자가 누워 있는 이 방에서 저들이 원하는 것이 무엇인가. 왜 저리도 안절부절못하고 불안하게 구는 것인가? 하지만 스크루지는 감히 그런 생각조차도 할 수가 없었다.

"유령님, 이곳은 무서운 곳입니다요. 이곳을 떠나더라도 여기서 얻은 교훈을 절대로 잊어버리지 않을 것입니다요. 믿어 주십시오. 그러니 이제 그만 다른 곳으로 가도록 하지요!"

스크루지가 말했다.

유령의 손가락은 여전히 시신의 머리를 가리키고 있었다.

스크루지가 다시 유령을 향해 대꾸했다.

"유령님의 뜻을 모르는 것이 아닙니다요. 저도 할 수만 있다면 뜻대로 따르겠습니다. 하지만 제게는 기력이 남아 있지 않습니다요. 힘이 하나도 없다고요."

유령이 다시 스크루지를 바라보는 듯했다.

"혹시 이 사람의 죽음으로 인해 감정의 변화를 겪는 사람이 이 도시에 한 명이라도 있다면 그 사람을 저에게 보여 주십시오. 제발 부탁입니다요!"

스크루지가 무척이나 고통스러운 목소리로 애원했다.

유령이 스크루지의 눈앞에서 자신의 검은 망토 자락을 날개처럼 펼쳐 들었다. 잠시 후 유령이 옷자락을 걷자 환한 햇살이 비치는 방이 나타났다. 방에는 아이들과 아이들의 엄마로 보이는 여자가 서성거렸다.

여자는 누군가를 걱정하며 애타게 기다리는 듯 방 안을 초조하게 서성거리고 있었다. 무슨 소리가 들릴 때마다 몸을 움찔하며 창밖과 시계를 번갈아 들여다보았다. 바느질도 손에 잡히지 않았고 아이들이 노는 소리도 귀에 거슬릴 뿐이었다.

드디어 문 두드리는 소리가 들렸다. 여자가 쏜살처럼 뛰어나가 남편을 맞이했다. 남편은 젊었지만 삶에 찌든 모습이었다. 그런데 바로 그 얼굴에 감추려야 감출 수 없는 놀랄 만한 변화가 일어나 있었다. 남편은 자신이 기뻐하고 있다는 사실이 부끄러운 듯 감정을 드러내지 않으려고 애썼다.

남편은 난로 위에서 따뜻하게 데워진 저녁 식사를 하기 위해 자리에 앉았다. 한참을 주저하던 부인이 무슨 소식이 없느냐고 조심스레 묻자 남편은 어떻게 대답해야 할지 몰라 매우 당황하는 기색이었다.

남편이 쉽게 운을 뗄 수 있도록 부인이 거들었다.

"좋은 소식인가요, 나쁜 소식인가요?"

"나쁜 소식이라오."

남편이 대답했다.

"우린 그럼 끝장인가요?"

"그건 아니라오, 캐롤라인. 아직 희망은 있어요."

부인이 무슨 소리인지 모르겠다는 듯 외쳤다.

"그 영감님이 우리를 조금만 봐준다면……. 그래요! 그런 기적이 일어난다면 전혀 희망이 없는 것도 아니겠지요."

"우리를 봐주기에는 이미 너무 늦었소. 그 영감은 죽었으니까."

남편이 말했다.

온순하고 참을성 많은 부인의 얼굴에서는 별다른 변화가 엿보이지 않았다. 하지만 그 사람이 죽었다는 남편의 말에 부인은 마음속으로 깊이 감사하고 있었다. 너무나 감사한 나머지 두 손을 꼭 잡고 고맙다는 말을 내뱉고야 말았다. 하지만 곧 자기의 잘못을 후회하며 하나님께 용서를 빌었다. 그럼에도 그녀가 불쑥 내뱉은 그 첫마디야말로 그녀의 거짓 없는 진심이었다.

"어젯밤에 내가 얘기한 술 취한 여자의 말이 맞았어요. 일주일만 늦추어 달라는 부탁을 하려고 영감님을 찾아갔을 때에는 나를 따돌리려는 수작이라고 생각했는데 그 말이 사실이었던 거요. 그때 영감님은 이미 몹시 아픈 정도가 아니라 숨이 넘어가고 있었던 거지."

"그럼 우리 빚은 누구에게로 넘어가는 거죠?"

부인이 물었다.

"글쎄, 그건 나도 잘 모르겠소. 하지만 그때까지는 어떻게 해서든 돈을 마련해야지. 돈도 못 구했는데 설상가상으로 또다시 인심 사나운 채권자를 만나게 되면 그건 정말 운이 없는 거겠지. 어쨌거나 오늘 밤엔 두 다리 쭉 뻗고 잘 수 있겠소, 여보."

아무리 숨기려고 해도 두 사람이 마음이 가벼워지는 것은 어쩔 수가 없었다. 무슨 뜻인지 알아듣지도 못하면서 부모 곁에 다가와 두 사람의 이야기에 귀를 기울이고 있던 아이들의 얼굴에도 덩달아 환한 미소가 떠올랐다. 그 남자의 죽음으로 이 가정은 전보다 더 행복해졌다! 남자의 죽음이 불러일으킨 감정의 변화라고는 오로지 기쁨뿐이었다. 그것이 유령이 스크루지에게 보여 줄 수 있는 유일한 감정의 변화였다.

"어떤 것이라도 좋습니다. 제발 저에게 죽음을 슬퍼하는 모습을 보여 주십시오. 그렇지 않으면 전 우리가 방금 떠나 온 그 어두운 방을 제 기억 속에서 영원히 몰아내지 못할 것입니다요."

스크루지가 말했다.

유령은 스크루지를 데리고 스크루지도 자주 지나다니던 거리를 걸어갔다. 스크루지는 유령을 따라 걸으면서 자신의 모습을 찾아보려고 사방을 두리번거렸다. 하지만 자신의 모습은 아무 데도 없었다. 유령과 스크루지는 밥 크래칫의 누추한 거실에 들어와 있었다. 스크루지가 전에 와 본 적이 있는 곳이었다. 크래칫 부인과 아이들이 난롯불 주위에 둘러앉아 있었다.

조용했다. 쥐 죽은 듯이 조용했다. 한시도 얌전할 때가 없던 어린 크래칫 남매마저도 구석에 동상처럼 꼼짝 않고 앉아 책을 읽고 있는 피터를 올려다보고 있었다. 엄마와 딸들은 바느질을 하고 있었다. 집 안은 이상하리만치 조용했다!

"예수가 한 어린아이를 불러 저희 가운데 세우시고……."

어디에서 들려오는 소리지? 꿈은 아니었다. 스크루지가 유령과 함께 문지방을 넘어서는 순간 피터가 소리 내어 읽고 있던 구절임에 틀림없었다. 그런데 왜 계속 읽지 않는 걸까?

크래칫 부인이 바느질감을 탁자에 내려놓더니 손으로 얼굴을 가리며 말했다.

"색깔 때문에 눈이 아프구나."

색깔 때문이라고? 아아, 불쌍한 꼬맹이 팀!

크래칫 부인이 말을 이었다.

"이제 좀 괜찮다. 촛불 옆에서 바느질을 하자니 눈이 어찌나 침침한지. 침침한 눈으로 너희들 아빠를 맞고 싶지는 않은데 말이야. 이제 곧 아빠가 오실 시간이지?"

"벌써 지났어요. 요즘 아빠의 발걸음이 예전보다 많이 느려진 것 같아요. 엄마."

피터가 책을 덮으며 대답했다.

모두들 다시 입을 다물었다. 잠시 후 크래칫 부인이 차분하지만 밝은 목소리로 말을 이었다. 단 한 번 목이 메었을 뿐이다.

"꼬맹이 팀을…… 꼬맹이 팀을 무등에 태우고 다니실 때에는 걸음이 아주 빠르셨지."

"맞아요, 저도 기억나요."

피터가 외치자 또 다른 아이가 맞장구를 쳤다.

"저도요."

아이들은 모두 알고 있었다.

크래칫 부인이 바느질감을 내려다보며 말했다.

"그래, 꼬맹이가 워낙 가벼웠던 데다 아빠는 그 애를 무척 사랑하셨으니까. 그러니 그 애를 무등을 태우고서도 전혀 무거운 줄을 모르셨던 거지. 무거운 줄 모르셨고 말고. 아, 얘들아, 아빠가 오신 모양이다!"

크래칫 부인도 아이들과 함께 남편을 맞이하기 위해 서둘러 문 앞으로 갔다. 여전히 긴 목도리를 목에 두른 키 작은 밥이 집 안으로 막 들어섰다. 난로 위에는 밥을 위해 따뜻한 차가 마련되어 있었다. 식구들은 서로 경쟁이나 하듯 밥의 시중을 들었다. 어린 두 남매가 아빠의 양쪽 무릎에 올라앉더니 자기들의 작은 뺨을 아빠의 양쪽 볼에 비벼 댔다. 마치 "아빠, 슬퍼하지 마세요. 상심하지 마세요!"라고 말하는 것 같았다.

아이들 덕에 힘을 얻은 밥이 가족 모두에게 명랑한 목소리로 말을 건넸다. 밥은 탁자 위에 놓인 바느질감을 바라보며 부인과 딸들의 부지런함과 빠른 손재주를 칭찬했다. 그러면서 이렇게 빠르니 일요일이 되기도 전에 다 끝나겠다고 말했다.

"일요일이라고요? 그렇다면 당신 오늘 거기에 갔었군요?"

크래칫 부인이 물었다.

"그래요, 여보. 당신도 함께 갔더라면 좋았을 텐데. 어찌나 푸르던지 당신이 보았더라면 분명히 마음에 들었을 거요. 하지만 앞으로는 당신도 자주 가 보게 되겠지. 난 일요일마다 찾아가리라 다짐했다오. 아, 내 귀여운 아들! 내 귀여운 아들!"

밥이 대답했다.

밥은 끝내 울음을 터뜨리고 말았다. 너무나 사랑하던 아들인지라 터져 나오는 울음을 더 이상은 참을 수가 없었다.

밥은 거실을 빠져나와 위층으로 올라갔다. 위층 방에는 등잔불이 환하게 타고 있었고 크리스마스 장식들도 군데군데 걸려 있었다. 죽은 아이가 누워 있는 침대 바로 옆에 의자가 놓여 있었다. 조금 전까지 누군가 이 방에 머무른 모양이었다. 불쌍한 밥은 의자에 앉아 자신을 추슬렀다. 밥은 마음이 진정되자 아이의 작은 얼굴에 입을 맞춘 다음 담담한 마음으로 현실을 받아들이며 기운을 내 다시 아래층으로 내려왔다.

크래칫 가족은 난롯가에 둘러앉아 이야기를 나누었다. 대화를 나누면서도 크래칫 부인과 두 딸은 일손을 놓지 않았다. 밥이 식구들에게 길에서 스크루지의 조카를 만난 이야기를 해 주었다. 이제껏 한 번 밖에 본 적이 없는 사람인데 무척 친절하더라며 자기가 상심해 있는 것을 눈치 채고는 무슨 일이냐고 묻더라는 것이다. 밥은 이 대목에서 "아주 조금 풀이 죽어 있었던 것뿐이야."라고 덧붙였다.

"사람이 어찌나 다정다감하던지 사실대로 얘기해 주었지. 그랬더니 '심심한 위로의 말씀을 드립니다. 크래칫 씨. 훌륭한 부인께도 제 위로의 말씀을 꼭 좀 전해 주세요.'라고 하는 거야. 그나저나 그걸 어떻게 알았나 몰라."

"그게 뭔데요, 여보?"

"당신이 훌륭한 부인이라는 거 말이야."

"그건 누구나 다 아는 사실인걸요."

피터가 말했다.

"잘 아는구나. 녀석. 정말 다들 알고 있으면 좋겠다. 어쨌든 훌륭한 부인께 위로를 전해 달라는 말을 한 다음에 '제가 뭐 도와 드릴 수 있는 일이 있으면 언제든 찾아오십시오. 이곳이 제가 사는 곳입니다.'라면서 명함을 건네는 거야."

밥이 더 큰소리로 말을 이었다.

"그 사람이 꼭 우리한테 뭘 해 줄 수 있어서가 아니라 그 사람의 마음 씀씀이가 얼마나 고맙던지. 꼭 우리 꼬맹이 팀을 알고 있던 사람처럼 슬퍼하지 뭐야."

밥이 말했다.

"정말 좋은 사람인가 보군요!"

크래칫 부인이 말했다.

"그렇다오, 여보. 당신이 그분과 직접 얘기를 해 보면 그런 생각이 더 확실해질 거요. 잘 들어요. 혹시 그분이 우리 피터에게 더 나은 일자리를 주선해 준다 해도 그리 놀랄 일은 아니라오."

"피터, 아빠 말씀 잘 새겨들어라."

크래칫 부인이 말했다.

"그럼 오빠도 곧 장가가서 살림을 차리겠네."

두 딸 중 하나가 장난스럽게 외쳤다.

"허튼 소리 작작 해!"

피터가 웃으면서 대꾸했다.

"허튼 소리만도 아니지. 아직은 멀었지만 언젠가는 우리 식구들도 뿔뿔이 흩어져 살게 될 날이 올 거야. 하지만 나는 우리가 언제 어떤 식으로 헤어지더라도 가여운 꼬맹이 팀만은 잊지 않을 거라고 믿는다. 우리 식구가 처음으로 겪은 이별을 절대 잊지 않을 거야. 그렇지?"

밥이 말했다.

"절대로요, 아빠!"

아이들이 이구동성으로 소리쳤다.

"그래, 그래, 얘들아. 꼬맹이 팀이 비록 어리기는 했어도 그 애가 얼마나 참을성이 많고 착한 아이였는지 그것만 늘 기억한다면 우리끼리 서로 다투는 일도, 불쌍한 꼬맹이 팀을 잊어버리는 일도 절대 없을 거야."

밥이 계속 말을 했다.

"절대 없을 거예요!"

아이들이 다시 한 번 큰 소리로 외쳤다.

"얘들아, 난 정말 행복하구나. 행복하고말고."

밥이 말했다.

크래칫 부인이 남편에게 입을 맞추자 딸들과 꼬마 남매도 아빠에게 입을 맞추었다. 피터는 아버지와 악수를 나누었다. 꼬맹이 팀의 영혼이여, 네 순수함은 신이 내리셨도다!

"유령님, 유령님과 헤어질 시간이 다가왔다는 목소리가 들립니다요. 어떤 식으로 헤어지게 될지는 모르겠지만 이제 곧 헤어질 시간이라는 것은 알겠습니다요. 그러니 이제 그만 우리가 본 시체가 누구인지 말씀해 주시지요."

스크루지가 말했다.

미래의 크리스마스 유령은 스크루지를 데리고 또다시 상인들이 모여 있는 장소로 갔다. 하지만 아까와는 다른 시간인 것 같았다. 미래의 크리스마스 유령이 보여 주는 환영들은 그것들이 모두 미래에 속한다는 것 말고는 시간 순서가 없는 것처럼 여겨졌다. 그러나 이번에도 스크루지 자신의 모습은 보이지 않았다. 유령은 스크루지의 궁금증을 풀어 주겠다는 듯이 스크루지가 잠시만 기다려 달라고 사정할 때까지 어느 한곳에도 멈추지 않고 곧장 앞으로 나아갔다.

"지금 우리가 서둘러 지나가고 있는 이 골목에 제가 평생 일해 온 사무실이 있습니다. 저기 저 건물 말입니다. 제가 어떻게 하고 있는지 보고 싶습니다. 허락해 주십시오, 제발!"

스크루지가 말했다.

유령은 멈춰 섰지만 손가락만은 다른 곳을 가리키고 있었다.

"사무실은 저긴데 왜 다른 곳을 가리키시는 겁니까?"

스크루지가 소리쳤다.

그러나 무정한 손가락은 꼼짝도 하지 않았다.

스크루지는 서둘러 자신의 사무실 창가로 달려가 안을 들여다보았다. 여전히 사무실이었다. 그러나 이제는 스크루지 자신의 사무실이 아니었다. 사무실 집기도 죄다 달라져 있었고 책상 앞에 앉아 있는 사람도 자신이 아니었다. 유령의 손가락은 여전히 다른 쪽을 가리키고 있었다.

스크루지는 미래의 자신이 왜 그리고 대체 어디로 가버린 걸까 궁금해 하면서도 어쩔 수 없이 다시 유령을 따랐다. 눈앞에 커다란 철문이 나타났다. 스크루지는 사방을 두리번거리며 문 안으로 들어섰다.

교회 묘지였다. 이제 곧 신분이 밝혀질 그 비참한 사내가 묻혀 있는 곳이 바로 여기였다. 그의 품위에 딱 어울리는 장소였다. 집들에 에워싸여 답답해 보이는 교회 묘지에는 식물들의 생명이 아닌 죽음을 담보로 자라나는 잡풀들만이 무성했다. 죽은 이들로 차고 넘쳐 숨이 막히는 곳이었다. 그랬다. 대단히 품위 있는 장소였다. 대단히!

유령은 무덤들 사이에 서서 그중 하나를 가리켰다. 스크루지는 덜덜 떨면서 유령이 가리키는 무덤 쪽으로 갔다. 유령의 태도는 예나 지금이나 변함없었다. 하지만 스크루지는 그 엄숙한 모습에서 어떤 새로운 의미를 눈치채고 두려움에 떨었다.

"유령님께서 가리키고 계신 저 묘비 가까이로 가기 전에 알고 싶은 것이 한 가지 있습니다요. 이 모든 환영들이 미래에 반드시 일어날 일들인가요, 아니면 일어날 수도 있는 일들인가요?"

스크루지가 물었다.

하지만 유령은 자기 곁의 무덤을 가리키며 아무 말 없이 서 있을 뿐이었다.

"사람의 운명은 어느 정도 정해져 있습니다요. 자기에게 정해진 운명의 길로 그대로 걸어간다면 예정된 종착지에 어김없이 도착하게 될 테지요. 하지만 그 길을 벗어난다면 그러면 종착지 역시 달라지는 것 아닌가요? 유령님께서 저에게 보여 주시는 이 환영들도 그런 것이라고 말씀해 주십시오!"

유령은 여전히 움직이지 않았다.

스크루지는 유령의 손가락이 가리키는 곳으로 덜덜 떨며 다가갔다. 그리고 버려진 무덤의 묘비 위에 자기 자신의 이름이 쓰인 것을 보았다.

에브니저 스크루지

스크루지가 비명을 지르며 주저앉았다.

"침대에 누워 있던 남자가 바로 저였단 말입니까?"

유령의 손가락이 잠시 동안 스크루지를 가리키더니 다시 무덤으로 향했다.

"안 됩니다요, 유령님. 아, 제발, 안 됩니다, 안 돼요!"

손가락은 조금의 흔들림도 없었다.

스크루지가 유령의 옷자락에 매달리며 통곡했다.

"유령님! 제 말씀을 좀 들어주십시오! 저는 이제 이전의 제가 아닙니다요. 유령님들의 도움이 없었다면 되고야 말았을 그런 인간으로 살아가지 않을 거라고요. 제게 아무런 희망이 없다면 왜 이런 것을 보여 주시는 겁니까, 왜요?"

처음으로 유령의 손이 떨리는 것 같았다.

스크루지가 땅에 엎드린 채 말을 이었다.

"자비로우신 유령님, 저를 불쌍히 여기시고 은혜를 베풀어 주십시오. 제가 새사람이 된다면 지금까지 저에게 보여 주신 이 환영들을 바꿀 수 있다는 확신을 주십시오."

유령의 자비로운 손이 떨렸다.

"이제부터는 성심껏 크리스마스를 기리고 1년 내내 크리스마스의 의미를 되새기도록 할 것입니다. 과거와 현재와 미래를 살겠습니다. 세 분 유령님들을 항상 제 마음속에 모시고 그 가르침을 잊지 않도록 하겠습니다. 그러니 제발, 이 묘비 위에 쓰인 제 이름을 지울 수 있다고 말씀해 주십시오!"

스크루지는 괴로워하면서 유령의 손을 잡았다. 유령은 손을 빼려고 했으나 스크루지의 간절한 손은 유령의 손을 놔주지 않았다. 하지만 유령은 스크루지보다 힘이 셌다. 유령이 스크루지를 밀쳤다.

스크루지는 다시 두 손을 쳐들며 자신의 운명이 바뀌게 해 달라고 애원했다. 순간 유령의 모습이 서서히 변하기 시작했다. 점점 오그라들고 작아지고 쪼그라들더니 마침내 침대 기둥으로 변해 버렸다.

제5부

마지막 이야기

그랬다! 그것은 스크루지의 침대 기둥이었다. 침대도 방도 모두 스크루지 자신의 것이었다. 하지만 무엇보다도 기쁘고 반가웠던 것은 지금껏 자기가 저질러 온 잘못들을 바로 잡을 수 있는 시간이 아직 남아 있다는 사실이었다!

스크루지는 침대를 빠져나오면서 중얼거렸다.

"앞으로는 과거와 현재와 미래의 세 분 유령님의 뜻대로 살아가겠습니다. 세 분 유령님을 잊지 않겠습니다. 아아, 제이콥 말리! 보게, 내가 하늘과 크리스마스를 찬양하고 있네! 무릎을 꿇고, 이렇게 무릎을 꿇고 말이야. 제이콥!"

선행을 실천하겠다는 마음으로 지나치게 흥분한 나머지 스크루지의 목소리는 제대로 터져 나오지도 않았다.

간밤에 유령에게 애원하면서 어찌나 울어댔던지 스크루지의 얼굴은 아직도 눈물 자국으로 뒤범벅이 되어 있었다.

스크루지가 침대 커튼을 부둥켜안으며 외쳤다.

"아직 멀쩡하잖아. 커튼도 커튼 고리도 다 그대로야. 여기 걸려 있다고. 앞으로 일어날지도 모르는 일들의 환영을 죄다 쫓아 버릴 수 있어. 안 나타나게 할 수 있다고. 내가 알아. 안다고!"

옷을 입으려는 스크루지의 손이 허둥거렸다. 뒤집어 입었다, 거꾸로 입었다 찢는가 하면, 옷을 엉뚱한 자리에 넣어 놓는 등 그야말로 별별 짓을 다 했다.

"무엇부터 해야 할지 모르겠네!"

스크루지는 양말을 들고 라오콘 상을 흉내 내며 울다가 웃고 웃다가 울었다.

"마음이 깃털처럼 가볍고 천사처럼 행복하고 아이처럼 즐겁구나. 술 취한 사람처럼 어지럽기도 하고, 모든 사람들에게 즐거운 크리스마스가 되기를! 온 세상 사람들이 새해 복 많이 받기를! 야호! 야호!"

신이 나서 거실로 껑충껑충 뛰어 들어간 스크루지가 숨을 헐떡거렸다.

"이런, 귀리죽이 남아 있네!"

스크루지는 난롯가를 지나 또다시 껑충껑충 뛰었다.

"저 문으로 제이콥 말리가 들어왔지! 현재 크리스마스 유령님이 앉아 계셨던 곳이 저 구석이고! 떠도는 유령들을 본 게 저 창문을 통해서였어! 틀림없어. 모든 게 사실이야. 정말 있었던 일이라고. 하하하하하!"

수십 년 동안 웃어 본 적이 없는 사람의 웃음치고는 정말 호탕하고 시원한 웃음이었다. 오래 오래 대를 이어 갈 멋진 웃음의 원조 격이라고나 할까.

스크루지가 중얼거렸다.

"오늘이 며칠인지 모르겠네! 얼마나 오랫동안 유령님들과 다녔는지 모르겠어. 아무것도 모르니 이거야 원, 완전히 갓난아기로구먼. 하지만 상관없어. 괜찮다고. 차라리 갓난애였으면 좋겠는걸. 야호! 어이 안녕하시오!"

스크루지는 자기가 이제껏 들어 보지 못한 아주 힘찬 종소리를 듣고서야 비로소 흥분을 가라앉혔다. 댕그렁, 댕그렁, 떠-엉, 딩, 동, 댕, 동, 떠-엉, 댕그렁, 댕그렁, 떠-엉! 아, 멋진 종소리였다! 정말 멋진 종소리였다!

스크루지는 창가로 달려가 창문을 열어젖히고 몸을 바깥으로 내밀었다. 안개가 말끔히 걷힌 청명한 겨울 아침이었다. 피가 몸 안에서 춤을 출 정도로 추웠지만 태양은 황금빛으로 빛났고 하늘은 눈부실 만큼 파랬고 공기는 달콤하고 상쾌했으며 종소리는 흥겹기 그지없었다. 멋진 날이었다! 정말 멋진 날이었다!

스크루지가 일요일 정장을 말끔히 차려입고 골목을 지나가고 있는 사내아이를 내려다보며 소리쳤다.

"얘, 오늘이 며칠이지?"

"뭐라고요?"

아이가 어리둥절한 표정으로 되물었다.

"오늘이 며칠이냐고?"

"오늘이요? 크리스마스잖아요!"

소년이 대답했다.

"크리스마스라고! 크리스마스를 놓친 게 아니었어. 유령님들이 하룻밤 사이에 그 많은 것들을 다 보여 주신 거야. 하긴 마음만 먹으면 뭐든 못 할 게 없으신 분들이니까. 암. 그렇고말고. 얘야, 꼬마야!"

스크루지가 혼자 중얼거렸다.

"왜 그러세요?"

"너 다음 길 말고 그 다음 길. 모퉁이에 있는 푸줏간 아니?"

"알고말고요."

"아주 똑똑하구나! 아주 영특해! 그럼 너, 그 집에 걸려 있던 최상품 칠면조 고기가 혹시 팔렸는지 그것도 아니? 작은 거 말고 아주 큰 거 말이다."

"저만큼 큰 거 말씀하시는 거예요?"

"아이고, 영리해라! 너한테 말 걸기를 잘 했구나. 그래, 그것을 말하는 거란다"

"그 칠면조라면 푸줏간에 지금도 걸려 있던데요."

"그래? 그러면 얼른 가서 사다 주련?"

스크루지가 말했다.

"에이, 농담이시죠!"

아이가 되물었다.

"아니야, 아니야. 진심으로 말하고 있는 거다. 푸줏간에 가서 그 칠면조를 이리로 배달해 달라고 해 주렴. 그것을 어디로 가져다주어야 하는지는 나중에 내가 이를 테니. 푸줏간 사람이랑 같이 오너라. 그러면 내 너한테 1실링을 주마. 5분 안에 오면 반 크라운을 더 주고."

아이는 총알처럼 달려갔다. 방아쇠에 손가락을 이미 걸고 있는 사람이 총을 쏜다 할지라도 그 총알은 아이가 뛰어가는 속력의 반도 당해 내지 못했을 것이다.

스크루지가 손바닥을 비비며 중얼거렸다.

"그걸 밥 크래칫네 가족에게 보내야지! 크크."

생각만 해도 웃음이 절로 나왔다.

"누가 보냈는지는 비밀로 해야지. 칠면조가 꼬맹이 팀보다 두 배는 크겠는걸. 조 밀러도 이렇게 웃기지는 않았지!"

밥 크래칫의 주소를 적는 스크루지는 손이 떨렸지만 그래도 끝까지 주소를 잘 적은 다음 아래층으로 내려와 문을 활짝 열어젖혔다. 푸줏간 배달원을 기다리는 스크루지의 눈에 문 두드리는 고리쇠가 들어왔다.

스크루지는 문고리를 토닥이면서 큰 소리로 말했다.

"내 명이 붙어 있는 한 이놈한테 잘해 줘야지. 전에는 몰랐는데 아주 정직한 얼굴을 하고 있구먼! 정말 멋진 문고리야! 칠면조가 왔네. 어이! 잘 지내지? 즐거운 크리스마스일세!"

엄청난 칠면조였다! 너도 뚱뚱해서 살아 있는 동안 제 두 다리로 서 있지도 못했을 것 같았다. 두 다리로 섰다가는 편지의 봉랍이 툭 뜯겨 나가는 것처럼 1분도 채 못 되어 다리가 뚝 부러졌을 것 같았다.

"어이구, 이 무거운 걸 가지고 캠든 타운까지 못 걸어가겠는걸. 마차를 타고 가게."

스크루지는 이렇게 말하면서 껄껄 웃었다. 칠면조 값을 치르면서도, 마차 탈 돈을 주면서도, 아이에게 심부름 값을 주면서도 연신 껄껄 웃어 댔다. 너무 웃는 바람에 숨이 차서 의자에 털썩 주저앉았지만 그래도 터져 나오는 웃음은 참을 수가 없었다. 어찌나 웃어 댔던지 눈물이다 나왔다.

손이 너무 떨려 면도를 하는 것도 쉽지 않았다. 춤은커녕 정신을 바짝 차리지 않으면 안 되는 것이 면도였다. 하지만 설사 스크루지가 면도하다가 코끝을 베었다 하더라도 그날은 반창고를 붙이고 여전히 즐거워했을 것이다.

스크루지는 '가장 좋은 양복'을 꺼내 입고 마침내 거리로 나섰다. 현재 크리스마스 유령과 다니며 보았던 것처럼 오전 시간의 거리는 사람들로 붐볐다. 스크루지는 뒷짐을 지고 천천히 걸으며 눈길이 마주치는 사람들 하나하나에게 상냥한 미소를 보냈다. 스크루지의 표정이 어찌나 다정하고 즐거워 보이던지 그중 기분이 좋은 서너 명은 답례 인사를 건넬 정도였다. "안녕하십니까, 선생님! 즐거운 크리스마스 보내십시오!" 하고 말이다. 스크루지는 후에도 종종 그때 일을 회상하며 그 인사야말로 자기가 들어 본 소리 중 가장 즐거운 소리였다고 했다.

잠시 후 스크루지는 길 저쪽 편에서 자기 쪽으로 걸어오고 있는 풍채 좋은 신사를 보았다. 하루 전 자기 사무실을 찾아와 "스크루지와 말리 씨의 사무실 맞지요?" 하고 물었던 그 사람이었다. 서로 눈이 마주치면 신사가 자기를 어떻게 볼까 생각하니 가슴이 찔렸다. 하지만 스크루지는 자신이 가야 할 길을 알고 있었고 그 길로 주저도 없이 접어들었다.

스크루지는 얼른 신사 앞으로 다가가 신사의 두 손을 잡으며 말을 건넸다.

"선생님, 안녕하십니까? 어제 성과가 좋으셨기를 바랍니다. 저를 찾아 주셔서 참 감사했습니다. 즐거운 크리스마스 되세요."

"스크루지 씨?"

"그렇습니다. 그게 제 이름이지요. 제 이름이 불쾌하실지도 모르겠습니다. 선생님께 용서를 구하고 싶군요. 그리고 한 가지 부탁을 좀 드려도 될까요?"

스크루지가 신사에게 귓속말을 했다.

신사는 숨이 넘어가는 사람처럼 소리쳤다.

"이럴 수가! 스크루지 씨. 그게 진심이십니까?"

"예, 부탁드립니다! 한 푼도 빼지 않고 전부 드리겠습니다. 그동안 못낸 것까지 들어 있습니다. 믿으셔도 좋습니다. 제 부탁을 들어주실 테지요?"

신사가 스크루지의 손을 흔들며 말했다.

"이렇게 큰 자선을 베푸시다니 무슨 말씀을 드려야 할지 모르겠……."

스크루지가 신사의 말을 막았다.

"제발 아무 말씀 마십시오. 저한테 한번 와 주십시오.

와 주실 거지요?"

"암, 가고말고요!"

신사의 우렁찬 목소리로 미루어 보아 그가 스크루지를 방문할 것이라는 사실은 확실했다.

"고맙습니다. 뭐라고 말씀을 드려야 할지 모르겠군요. 백 번, 천 번 감사드립니다. 하나님의 축복이 선생님과 함께 하기를 빕니다!"

스크루지가 말했다.

스크루지는 교회에도 가고, 이 길 저 길 천천히 거닐며 바쁘게 오가는 사람들의 모습도 지켜보고, 아이들의 머리도 쓰다듬어 주고, 거지들에게 이것저것 물어보기도 하고, 남의 집 부엌과 거실 창문을 슬며시 들여다보기도 했다. 스크루지는 자신이 이런 일들로 행복을 느낄 수 있으리라고는 여태껏 꿈에서조차 생각해 본 적이 없었다. 오후가 되자 스크루지는 조카의 집으로 향했다.

용기를 내어 문을 두드릴 때까지 적어도 열두 번은 조카의 집을 그냥 지나쳤었다. 하지만 결국에는 마음을 굳게 먹고 계단을 올라가 문을 두드렸다.

문을 열어 준 아주 상냥하게 생긴 하녀에게 스크루지가 물었다.

"주인어른, 집에 계시냐?"

"예, 계십니다. 어르신."

"어디에 계시지?"

"주인마님과 함께 식당에 계십니다. 위층으로 모실까요?"

"고맙구나. 주인어른과 나는 잘 아는 사이란다. 그러니 그냥 이리로 들어가마."

하녀에게 대답하는 스크루지의 손이 벌써 식당 문손잡이에 가 있었다.

스크루지는 손잡이를 살며시 돌리고 문틈 사이로 얼굴을 빠끔히 들이밀었다. 조카와 조카며느리는 멋지게 차려진 식탁을 바라보며 앉아 있었다. 젊은 주부인지라 식탁이 잘 차려졌는지 안절부절못하며 끊임없이 확인하는 모습이었다.

"프레드!"

스크루지가 조카를 불렀다.

아이고 저런, 조카며느리가 얼마나 놀라던지! 스크루지는 조카며느리가 발판에 다리를 얹고 앉아 있다는 사실을 한순간 깜빡 잊었던 것이다. 그렇지 않았다면 그런 식으로 조카며느리를 놀라게 하는 일은 절대 없었을 것이다.

"세상에 이럴 수가! 이게 누구십니까?"

프레드가 소리쳤다.

"나다, 네 삼촌 스크루지다. 저녁을 먹으러 왔단다. 들어가도 되겠니, 프레드?"

들어가도 되겠느냐고! 조카 프레드가 어찌나 세게 팔을 잡아 끌던지 팔이 빠지지 않은 것만도 다행이었다. 스크루지는 5분도 안 되어 마치 자기 집에 온 것처럼 마음이 편안해졌다. 이보다 더 따뜻한 환대는 있을 수 없었다. 조카며느리는 환영에서 본 것과 똑같았다. 저녁을 먹으러 온 토퍼도, 통통한 사돈아가씨도 모두 스크루지가 보았던 그대로였다. 저녁 식사도 근사했고, 벌금놀이도 재미있었고, 서로의 마음도 하나로 똘똘 뭉쳤다. 행복했다!

스크루지는 다음 날 아침 일찌감치 사무실에 나갔다. 정말 이른 시간부터 나가 있었다. 자기가 먼저 나가서 지각하는 밥 크래칫의 덜미를 잡을 심산이었다!

스크루지는 그렇게 했다. 정말 그렇게 하고야 말았다! 시계가 9시를 울려도 밥은 나타나지 않았다. 15분이 지나도 밥의 모습은 보이지 않았다. 밥은 출근 시간보다 무려 18분하고도 30초나 늦게 나타났다. 스크루지는 밥이 자기의 골방으로 들어가는 순간을 놓치지 않으려고 자기 방문을 활짝 열어 놓고 있었다.

밥은 모자와 목도리부터 벗고 허둥지둥 사무실 안으로 들어서더니 순식간에 책상 앞에 앉아 부지런히 펜대를 놀렸다. 이미 지나 버린 9시를 따라잡기라도 하려는 사람 같았다.

스크루지가 평소처럼 퉁명스러운 목소리로 밥을 불렀다.

"이렇게 늦게 오다니 자네 대체 무슨 배짱인가?"

스크루지는 평소처럼 불친절하게 말하려고 무진장 애썼다.

"정말 죄송합니다. 출근 시간에 늦고 말았습니다."

밥이 말했다.

"그래, 알긴 아는군. 자네 이리 좀 오게."

"1년에 딱 한 번뿐입니다요. 다시는 이런 일이 없을 것입니다. 제가 어제 그만 너무 즐겁게 놀았나 봅니다."

밥이 자기 골방을 나오면서 빌었다.

"내 자네한테 할 말이 있네. 난 이제 더는 이런 식으로 살고 싶지 않아. 그래서 말인데……."

스크루지가 말했다.

스크루지가 자리에서 일어서더니 밥의 가슴을 쿡 찌르며 말했다. 밥은 비틀거리며 다시 제 골방으로 뒷걸음쳤다.

"……자네 월급을 올려 주도록 하겠네!"

밥은 와들와들 떨며 막대자가 놓여 있는 곳으로 좀 더 가까이 다가갔다. 그의 머릿속에서 스크루지를 자로 때려눕힌 다음 골목으로 나가 미친 사람한테 입히는 구속복을 가져다 달라고 사람들에게 부탁해야겠다는 생각이 퍼뜩 스치고 지나갔다.

스크루지가 밥의 어깨를 두드리며 말했다.

"메리 크리스마스, 밥."

스크루지의 목소리에는 진심이 담겨 있었다.

"이 착한 친구, 그동안 고생 많았네. 이제 자네가 정말 즐거운 크리스마스를 맞이하도록 해 주고 싶네. 자네 월급을 올려 줄 거야. 그리고 고생하는 자네 가족을 성심껏 돕도록 하겠네. 오늘 오후에 김이 모락모락 나는 따뜻한 포도주를 한 잔씩 마시면서 자네 집안일을 자세히 얘기해 보도록 하세. 자, 난롯불을 더 활활 태우게. 자리에 앉아서 한 글자 더 쓰기 전에 석탄부터 한 통 더 사 오고!"

스크루지는 자기가 한 약속보다 더 많은 선행을 베풀었다. 자기가 한 말을 모두 그대로 실천에 옮겼을 뿐만 아니라 끊임없이 더 많은 일을 했다. 특히 꼬맹이 팀에게는(꼬맹이 팀은 죽지 않았다) 양부가 되어 주기까지 했다. 스크루지의 이름은 좋은 친구, 너그러운 주인, 선량한 사람으로 자기가 사는 도시뿐만 아니라 세상 방방곡곡에까지 널리 알려졌다. 더러는 스크루지의 달라진 모습을 비웃는 사람들도 있었다. 하지만 스크루지는 아랑곳하지 않았다. 세상에서 좋은 일을 하려고 하면 처음에는 비웃는 사람들이 늘 있기 마련이라는 사실을 알 만큼 스크루지는 현명했기 때문이다. 스크루지는 이들이 눈 뜬 장님으로 머물게 되리라는 사실을 알았으며 자기네들의 이기적인 마음으로 병을 앓아 별로 아름답지 않은 흉터가 남는 것보다는 비웃어서 생기는 눈가의 주름살로 드러내 보이는 편이 낫다고 생각했다.

스크루지는 그 후로 다시는 유령들을 만나지 못했고 '완벽한 금욕주의자'로 살았다. 그리고 크리스마스를 어떻게 보내는 것이 잘 보내는 것인지 그 깊은 뜻을 아는 사람을 꼽으라고 하면 사람들은 언제나 스크루지를 꼽았다. 진심으로 바라노니 우리도 스크루지처럼 불리게 되기를! 그리로 꼬맹이 팀의 말처럼, 우리 모두에게 신의 가호가 있기를!

작품 해설

『크리스마스 캐럴』은 빅토리아 시대 영국 작가인 찰스 디킨스가 1843년에 발표한 중편소설이다. 이 작품은 지독한 구두쇠인 스크루지가 크리스마스 기간 동안 신비한 일을 경험하고 이를 통해 완전히 변해 새사람이 된다는 교훈적인 이야기를 담고 있다. 작품에 등장하는 인물과 사건들은 당시의 시대상을 반영한 것으로 공교육과 복지가 제대로 운영되지 않으며 노동자들의 열악한 임금환경과 아동노동착취, 장애우들의 불평등한 의료처우를 인물들의 대사와 상황으로 묘사하여 비판하고자 했다. 이는 찰스 디킨스가 어린 시절 아버지의 빚으로 말미암아 가난을 경험하고 일찍이 돈을 벌기 위해 사회로 나갔던 자신의 경험에서 비롯된 시선이라고 할 수 있다.

『크리스마스 캐럴』은 1843년 10월과 11월에 걸쳐 만들어졌다. 이때는 찰스 디킨스가 결혼한 후 불어나는 식구들을 먹여 살리기 위해 돈이 절실하게 필요하던 시기였다. 다행히 그해 12월 17일에 출간되어 크리스마스이브까지 6,000부가 팔리는 대성공을 거두었고, 지금까지도 가장 유명한 크리스마스 소설로 전 세계 독자들의 사랑을 받고 있다.

이 작품이 가장 유명한 크리스마스 소설이 된 이유로는 사실상 전 세계 현대인들에게 크리스마스가 무엇인지 이미지를 정립한 책이기 때문이다. 찰스 디킨스가 살던 빅토리아 시대만 하더라도 크리스마스는 몇몇 사람들이 소소하게 기리는 작은 기념일 정도였다. 그러나 그는 삶이 가져다주는 고마움 없이 돈과 일에만 집착하는 당시를 비판했고, 동시에 크리스마스의 의미가 무엇인지 일깨워 주었다. 크리스마스에 대한 찰스 디킨스의 영향이 얼마나 컸는지를 알려주는 일화가 있는데, 디킨스의 부고 소식이 들리자 영국의 아이들이 "이제 크리스마스는 사라지나요?"라고 물어봤다고 한다. 그만큼 크리스마스는 찰스 디킨스 자체였다.

또한 크리스마스의 의미까지도 완전히 바꿔놓았는데 이전까지의 크리스마스는 사회에서 기념하는 종교적인 의미였다. 하지만 이 작품의 영향으로 사회보다는 가족

중심의 기념일로써 남녀노소 할 것 없이 모두가 같이 축하하는 날이 되었다. 그리고 꼭 기독교인이 아니더라도, 종교가 무엇이냐에 상관없이 크리스마스는 전 세계인의 기념일이 되었다.

스크루지의 일화를 통해 권선징악이라는 교훈을 주는 이 작품은 '베품의 덕'이 무엇인지 알려주고 있으며, 이는 '크리스마스의 철학'이라고 일컬어진다. 그리고 동화 같은 줄거리로 인해 많은 아이들에게 사랑을 받으며, 전 세계에서 애니메이션과 영화로 제작되고 다양한 작품의 패러디로 사용되기도 했다. 그렇다고 『크리스마스 캐럴』이 어린아이들만의 소설이라는 말은 아니다. 쉽게 읽히는 이야기 속에 많은 풍자와 비판이 담겨 있으며 이미 어른이 된 자에게는 자신의 삶을 반추해볼 수 있는 교훈을 담고 있는 유익한 소설이다. 그러므로 자신의 과거, 현재, 미래의 유령과 함께 삶을 돌아보는 계기로 이 작품을 읽어보기를 바란다.

작가 연보

1812년 2월 7일 해군 경리국 하급관리의 아들로 남영국 포츠머스 근교 랜드포트에서 태어남.

1814년 아버지를 따라 런던으로 이사함.

1817년 런던 남동쪽 약 45킬로미터에 위치한 채덤으로 이사. 디킨스는 이 시기를 가장 행복했던 어린 시절로 꼽음.

1822년 다시 런던으로 이사하여 캠든 타운에 정착함.

1824년 아버지가 부채로 감옥에 수감되자 구두약 공장의 견습공으로 몇 달간 일함. 이후 웰링턴 하우스 아카데미와 미스터 더 손스 스쿨에 입학.

1827년 집안 형편 때문에 학교를 그만두고 변호사 사무실 사환으로 일하며 속기를 배움.

1829년 하원 출입 통신원이 됨.

1830년 대영박물관 출입증을 발급받고 셰익스피어, 골드스미스의 영국 역사 등 수많은 고전을 탐독함.

1833년 《먼슬리 매거진》에 「포플러 거리에서의 산책」을 발표. 첫사랑 마리아 비드넬과 이별함.

1834년 《미러 오브 팔러먼트》, 《모닝 크로니클》 등의 잡지에 단편 및 소품을 기고함.

1836년 「픽크위크 문서」로 명성을 얻음. 그 동안 쓴 기사들을 모아 『보즈의 스케치』 출간. 캐서린 호가르트와 결혼.

1837년 『벤틀리스 미셀러니』 창간호 발간. 『픽윅 페이퍼』 단행본 발간.

1838년 『올리버 트위스트』 출간,

1839년 『니콜라스 니클비』 출간.

1841년 『오래된 골동품 상점』, 『바나비 러지』 출간.

1842년 자신의 작품이 해적판으로 발행되는 것을 막고 국제적 저작권을 옹호하기 위해 캐나다와 미국을 여행함. 『미국 여행기』 출간.

1843년 『크리스마스 캐럴』 출간.

1844년 월간지에 연재한 『마틴 처즐윗』 출간.

1845년 가족과 이탈리아, 스위스, 프랑스 등지를 여행함. 「차임벨」 발표.

1846년 「가슴 속의 귀뚜라미」 발표. 「이탈리아에서의 그림」을 자신이 발행하는 《데일리 뉴스》를 통해 발표.

1848년 연재하던 『돔비와 아들』 출간.

1850년 연재하던 『데이비드 코퍼필드』 출간. 주간지 《하우스홀드 워즈》 창간.

1853년 『황폐한 집』 출간.

1854년 『고된 시기』 출간.

1857년 『리틀 도릿』 출간.

1858년 부인 캐서린과 별거에 들어감.

1859년 새 주간지 《올 더 이어 라운드》 창간하여 「두 도시 이야기」 연재.

1861년 『위대한 유산』 출간.

1865년 『우리들의 맹우』 출간.

1867년 약 2년간 겨울임에도 미국과 영국에서 낭독 여행을 감행. 병을 얻음.

1870년 런던에서 12회에 걸친 고별 낭송회 개최. 「에드윈 드루드의 수수께끼」를 미완으로 남긴 채 6월 9일 뇌출혈로 세상을 떠남. 웨스트민스터 사원 '시인의 묘역'에 묻힘.